好兵師克

目川文化

目錄

★【推薦序】

陳欣希（臺灣讀寫教學研究學會理事長、曾任教育部國中小閱讀推動計畫協同主持人）

我們讀的故事，決定我們成為什麼樣的人！

經典，之所以成為經典，就是因為——其內容能受不同時空的讀者青睞，而且，無論重讀幾次都有新的體會！

兒童文學的經典，也不例外，甚至還多了個特點——適讀年齡：從小、到大、到老！

◇年少時，這些故事令人眼睛發亮，陪著主角面對問題、感受主角的喜怒哀樂……，漸漸地，有些「東西」留在心裡。

◇年長時，這些故事令人回味沈思，發現主角的處境竟與自己的際遇有些相似……，漸漸地，那些「東西」浮上心頭。

◇年老時，這些故事令人會心一笑，原來，那些「東西」或多或少已成為自己的一部分了。

是的，我們讀的故事，決定我們成為什麼樣的人。

擅長寫故事的作者，總是運用其文字讓我們讀者感受到「主角如何面對自己的處境、有何情緒反應、如何解決問題、擁有什麼樣的個性特質、如何與身邊的人互動……」。就這樣，在閱讀的過程中，我們會遇到喜歡的主角，漸漸形塑未來的自己；在閱讀的過程中，我們會感受不同時代、不同國家的文化，漸漸拓展寬廣的視野！

鼓勵孩子讀經典吧！這些故事能豐厚生命！若可，與孩子共讀經典，聊聊彼此的想法，不僅促進親子的情感、了解小孩的想法、也能讓自己攝取生命的養份！

倘若孩子還未喜愛上閱讀，可試試下面提供的小訣竅，幫助孩子親近這些經典名著！

【閱讀前】和小孩一起「看」書名、「猜」內容

以《頑童歷險記》一書為例！

先和小孩看「書名」，頑童、歷險、記，可知這本書記錄了頑童的歷險故事。接著，和小孩猜猜「頑童可能是什麼樣的人？可能經歷了什麼危險的事……」。然後，就放手讓小孩自行閱讀。

【閱讀後】和小孩一起「讀」片段、「聊」想法

挑選印象深刻的段落朗讀給彼此聽，和小孩聊聊——或是看這本書的心情、或是喜歡哪一個角色、或是覺得自己與哪個角色相似……。

陳安儀（親職專欄作家、「多元作文」和「媽媽 Play 親子聚會」創辦人）

在這麼多年教授閱讀寫作的歷程之中，經常有家長詢問我，該如何為孩子選一本好書？而我常常告訴家長：「如果你對童書或是兒少書籍真的不熟，不知道要給孩子推薦什麼書，沒有關係，選『經典名著』就對了！」

為什麼呢？道理很簡單。一部作品，要能夠歷經時間的汰選，數十年、甚至數百年後依舊能廣受歡迎、歷久不衰，證明這本著作一定有其吸引人的魅力，以及亙古流傳的核心價值，才能夠不畏國家民族的更替、不懼社會經濟的變遷，一代傳一代，不褪流行、不嫌過時，歷久彌新，長久流傳。

這些世界名著，大多有著個性鮮明的角色、精采的情節，以及無窮無盡的想像力，令人目不轉睛、百讀不厭。此外，**這類作品也不著痕跡的推崇良善的道德品格，讓讀者在不知不覺的閱讀經驗之中，潛移默化，從中學習分辨是非善惡、受到感動啟發。**

比如說《地心遊記》的作者凡爾納，他被譽為「科幻小說之父」，知名的作品有《海底兩萬里》、《環遊世界八十天》……等六十餘部。這本《地心遊記》廣受大人小孩的喜愛，一共被搬上銀幕八次之多！凡爾納的文筆幽默，且本身喜愛研究科學，因此他的《地心遊記》不但故事緊湊，冒險刺激，而且很多描述到現在來看，仍未過時，甚至有些發明還成真了呢！

又如兒童文學的代表作品《祕密花園》，或是馬克・吐溫的《頑童歷險記》，驕縱的女主角瑪麗和流浪兒哈克，以及調皮搗蛋的湯姆，雖然不屬於傳統乖乖牌的孩子，性格灑脫不羈，無法在課業表現、生活常規上受到家長老師的稱讚，但是除卻一些小奸小惡，在大節上他們卻是堅守正義、伸張公理的一方。而且比起一般孩子來，更加勇敢、獨立，富於冒險精神。這不正是我們的社會裡，一直欠缺卻又需要的英雄性格嗎？

還有像是《青鳥》，這個家喻戶曉的童話故事，藉由小兄妹與光明女神尋找幸福青鳥的過程，作者以隱喻的方式，將人世間的悲傷、快樂、死亡、誕生、……以各式各樣的想像國度呈現在眼前。最後，兄妹倆歷經千辛萬苦，才發現原來幸福的青鳥不必遠求，牠就在自己的家裡。這部作品雖是寫給孩子的童話，卻是成人看了才能深刻體悟內涵的作品，難怪到現在仍是世界舞臺劇的熱門劇碼。

另外，現在雖已進入21世紀，然而隨著人類的科技進步，「大自然」的課題，重要性卻日益增加，不曾減低。這次這套【影響孩子一生的世界名著】裡，有四本跟大自然、動物有關的作品：《森林報》、《騎鵝旅行記》和《小鹿斑比》、《小戰馬》。這些作品早已經因為各式改編版的卡通而享譽國內外，然而，閱讀完整的文字作品，還是有完全不一樣的感動。尤其是我個人很喜歡《森林報》，對於森林中季節、花草樹木的描繪，讀來令人心曠神怡。

這套【影響孩子一生的世界名著】選集中，我認為比較特別的選集是《好兵帥克》和《史記》。前者是捷克著名的諷刺小說，小說深刻地揭露了戰爭的愚蠢與政治的醜惡，筆法詼諧逗趣；後者則是中國的古典歷史著作，收錄了許多含義深刻的歷史故事。這兩本著作非常適合大人與孩子共讀。

衷心盼望我們的孩子能**多閱讀世界名著，與世界文學接軌之餘，也能開闊心胸、增長智慧、陶冶品格，將來成為饒具世界觀的大人。**

張佩玲（南門國中國文老師、曾任國語日報編輯）

經典名著之所以能流傳上百年，正因為它們蘊藏珍貴的人生智慧。【影響孩子一生的經典名著】選取了不同時空的精采故事，帶著孩子一起進入智慧的殿堂。當孩子正要由以圖為主的閱讀，逐漸轉換至以文為主階段，此系列的作品可稱是最佳選擇，無論情節的發展、境況的描述、生動的對話等皆透過適合孩子閱讀的文字呈現。

《好兵帥克》莫名地遭遇一連串的災難，如何能樂觀面對，亦讓在學習階段可能經歷挫折的孩子思考，用更正面的態度因應各種困境。

《小鹿斑比》自我探索的蛻變過程，容易讓逐漸長大成熟的孩子引起共鳴，並體會父母對自己殷切的愛與期待。

《森林報》對於大自然四季更迭變化具有詳實報導，並在每章節最末設計問題提問，讓孩子們練習檢索重要訊息，培養出對生活周遭的觀察力。

《祕密花園》的發現與耕耘，讓孩子們了解擁有愛是世界上最幸福的事，學習珍惜並懂得付出。

《頑童歷險記》探討不同種族地位的處境，主人翁如何憑藉機智與勇氣追求自由權利的一場冒險，帶領孩子們思考對於現今多元世界應有的相互尊重。

我們由衷希望孩子能習慣閱讀，甚至能愛上閱讀，若能知行合一，更是一樁美事，**讓孩子發自內心的「認同」，自然而然就會落實在生活中。**

李博研（神奇海獅先生、漢堡大學歷史碩士）

介於原文與改寫間的橋梁書，除了提升孩子的閱讀能力與理解力，他們更可以從一則又一的故事中了解各國的文化、地理與歷史，也能從《好兵帥克》主人翁帥克的故事中，明白戰爭帶給人類的巨大傷害。

王文華（兒童文學得獎作家）

【影響孩子一生的世界名著】跨越時間與空間的界限，帶著孩子們跟著書中主角一起生活與成長，從閱讀中傾聽《小戰馬》、《小鹿斑比》等動物與大自然和人類搏鬥的心聲，跟隨《地心遊記》、《頑童歷險記》、《青鳥》追尋科學、自由與幸福的冒險旅程，踏上《騎鵝歷險記》、《森林報》的歐洲土地領略北國風光，一窺《史記》、《好兵帥克》的中國與歐洲一戰歷史。**有一天，孩子上歷史課、地理課、生物自然課，會有與熟悉人事物連結的快樂，自然覺得有趣，學習起來就更起勁了。**

施錦雲（新生國小老師、英語教材顧問暨師訓講師）

108新課綱即將上路，新的課綱除了說明12年國民教育的一貫性之外，更強調「核心素養」。所謂**「素養」，……同時涵蓋 competence 及 literacy 的概念，competence 是學科知識、能力與態度的整體表現，literacy 所指的就是閱讀與寫作的能力。**

一套優良的讀物能讓讀者透過閱讀吸取經驗並激發想像力，閱讀經典更是奠定文學基礎最好的方式。

張東君（外號「青蛙巫婆」、動物科普作家、金鼎獎得主）

有些書雖然是歷久彌新，但是**假如能夠在小時候以純真的心情閱讀，就更能獲得一輩子的深刻記憶。**……縱然現在的時代已經不同，經典文學卻仍舊不朽。我的愛書，希望大家也都會喜歡。

戴月芳（國立空中大學／私立淡江大學助理教授、資深出版人暨兒童作家）

因為時代背景的不同，產生不同的決定和影響，我們讓孩子認識時間、環境、角色、個性、條件會影響抉擇，所以就會學到體諒、關懷、忍耐、勇敢、上進、寬容、負責、機智，這些都是**不同時代的人物留給我們最好的資產。**

謝隆欽（地球星期三 EarthWED 成長社群、國光高中地科老師）

就一本啟發興趣與想像的兒童小說而言，是頗值得推薦的閱讀素材。……文字淺白，情節緊湊，若是**中小學生翻閱，應是易讀易懂；也非常適合親子或班級共讀**，讓大小朋友一同與書中的主角，共享那段驚險的旅程。

李貞慧（水瓶面面、後勁國中閱讀推動教師、「英文繪本教學資源中心」負責老師）

孩子透過閱讀世界名著，將**豐富其人文底蘊與文學素養**，誠摯推薦這套用心編撰的好書給大家。

金仕謙（臺北市立動物園園長、臺大獸醫系碩士）

在我眼裡，所有動物都應受到人類尊重。從牠們的身上，永遠都有值得我們學習的地方。很高興看到這系列好書《小戰馬》、《小鹿斑比》、《騎鵝歷險記》、《森林報》中的精采故事。

相信從閱讀這些有趣故事的過程，可以從小**培養孩子們尊重生命，學習如何付出愛與關懷，更謙卑地向各種生命學習，關懷自然**。

真心推薦這系列好書。

第一章　飛來橫禍

帥克是一個相貌平凡的退伍老兵。多年前，軍醫在一次例行檢查中，將帥克診斷成一個精神障礙者，不符合軍隊對於士兵智力的基本要求，便讓他退伍回家了。

回到家鄉之後，帥克也沒能找到什麼好工作，就做起了販狗生意。他的工作，就是為那些賣相不佳的混種狗偽造血統證明書，再將牠們當做高級的純種狗，用高額的售價賣給有錢人。

在狗的世界裡，也是非常講究身分的，那些純種狗很快就獲得了貴婦人的青睞，跟著她們過起了衣食無缺的優越生活；那些混種狗們，因為並非純種的關係，而讓牠們吃盡了苦頭，不是在街頭流浪，就是成為窮苦人家的看門犬，過著有一餐沒一餐的苦日子。

「我的職業，就是為了幫助這些混種狗過得更幸福，也算是做一件善事。」

帥克很為自己的工作感到自豪。

一九一四年六月二十八日，帥克的風濕病又發作了，正待在家裡用藥膏擦著自己的膝蓋。「最近有什麼新鮮事嗎？摩勒太太。」帥克問。摩勒太太是帥克雇用的一位女傭，每天花一個小時來幫帥克打掃房間。

「帥克先生，您不知道嗎？最近斐迪南被暗殺啦！」摩勒太太回答。

「是哪一個斐迪南啊？摩勒太太。」帥克一邊問，一邊繼續按摩著他的膝蓋，「我只認識兩個斐迪南，一個是藥劑師普魯薩的員工，另外一個是在街上清理糞便的，這兩個人即使死掉，也不會是什麼大新聞啊？」

「唉呀！都不是，是斐迪南大公爵。您曉得的，就是身材肥胖、信仰虔誠的那位。」

「**天哪！**」帥克驚訝地叫出來，「這真是一件大事，是在哪兒發生的？」

「就在塞拉耶佛，他和他的夫人一起坐著汽車在兜風的時候，被人用左輪手槍暗殺的！」

「哇，坐著汽車，看起來多拉風啊！唉！只有像他那樣的大官員才坐得起汽車，不過他肯定沒想到，明明只是兜風，卻賠上了自己的一條性命。」帥克臉上露出幸災樂禍的表情，「我猜這一定是土耳其人暗殺的，誰叫我們的國家當初侵略他們，甚至還強占他們的波士尼亞和赫塞哥維納，所以現在才會付出這樣的代價。你看看，得不償失了！」

「報紙上說，大公爵他被子彈打得全身都是彈孔，開槍的凶手把子彈全打光了。」

「這刺客的身手可真好，摩勒太太，如果是我去暗殺的話，肯定沒辦法像那刺客一樣。不過說實在話，誰叫大公爵長得那麼胖，一個胖子一定比瘦子還要好瞄準。好了，我要去瓶記酒館坐一坐啦！」帥克站起身來，「你把鑰匙留給警衛吧！」

瓶記酒館門面不大，室內裝潢也很簡單，只有樸素的門簾加上堅固的桌子、椅子。現在還沒到吃飯的時間，酒館裡門可羅雀，只有老闆帕里威茲和從事查探工作的便衣警察布里契奈德。

現在社會上比較亂，奧地利皇帝又害怕捷克人民會在暗地裡造反，因此分派了很多便衣警察隱藏在人群中，查找那些有可能對皇帝不敬的人。

「今年夏天還真不錯。」這是布里契奈德的開場白。

「簡直糟糕透頂了！」帕里威茲正在洗玻璃杯。

「大公爵被暗殺了，那些刺客在塞拉耶佛還真是替我們做了一件好事，我們受欺壓這麼多年了，總算是出了這口氣！」布里契奈德假裝很憤慨地說著，試圖要引起帕里威茲的興趣。

「我向來不談論這類事情。」老闆小心翼翼地回答說：「現在若是捲進這

類事情，就等於是自找麻煩。我只想老老實實地做生意，什麼政治、什麼死了的大公爵，通通都跟我沒關係。」

這個答案顯然讓布里契奈德感到非常失望，於是他又轉換了話題，說：「你店裡曾經掛著一幅皇帝的肖像畫吧？我記得就在你現在掛鏡子的地方。」

「對，」帕里威茲回答說：「以前是掛在那裡，但討人厭的蒼蠅常常在上面大便，我就把畫給收了起來。我可不想讓人以為是我故意把畫弄髒，給自己惹出麻煩來。」

「塞拉耶佛那件事，是塞爾維亞人做的吧？」布里契奈德又把話題給拉了回來。

「我才不管是誰做的，像我們這種生意人可沒閒功夫去關心政治。不管暗殺大公爵的是塞爾維亞人、還是土耳其人，是天主教徒、還是回教徒，是無政府黨的人、還是捷克自由黨的年輕人，對我來說都是一樣的。」

看見帕里威茲不接自己的話題，布里契奈德感到失望極了。不過，他很快就發現了新的目標——帥克走進酒館裡了，他一向最喜歡談論政治。

果然，帥克才一進門就高聲喊道：「我可以肯定，這次的刺殺事件一定是土耳其人做的，就是為了報復我們搶走了波士尼亞和赫塞哥維納這兩個省。」

接著，帥克就開始滔滔不絕地評論起奧地利在巴爾幹半島的外交政策來：

「一九一二年，土耳其敗在塞爾維亞、保加利亞和希臘手裡，當時土耳其向奧地利求助，奧地利沒答應，所以土耳其才會懷恨在心，暗殺斐迪南。」

「這對奧地利而言，可是個巨大的損失。」布里契奈德一心想抓住帥克更多把柄。

「就是說啊！這可是一個驚人的損失，不是隨便一個傻瓜就能代替斐迪南的。」帥克歇了一口氣，又接著說：「你們以為奧地利皇帝會容忍這件事嗎？以我對他的了解，他一定會跟土耳其開戰。土耳其人反而害了自己國家的皇位繼承人，因為這簡直就是不自量力，我認為接下來一定會開始打仗！」

帥克站起身來，雙手在空中比劃著，繼續抒發自己對未來戰局的看法：

「要是跟土耳其人開戰，也許德國人會向我們進攻，這兩個國家一直都狼狽為奸。不過我們也可以和法國聯手，因為法國從一八七一年開始，就跟德國人有了仇恨，這樣事情可就熱鬧了，因為不久後戰爭就會開打！」

親愛的讀者們，你們肯定有些納悶：歷史記錄證明，刺殺斐迪南大公爵的是一名塞爾維亞人，而德國和土耳其在第一次世界大戰中，是奧匈帝國的盟友，法國卻是他們的對手，帥克的分析實在錯得離譜。

在這裡，我懇請你們多體諒一下帥克，畢竟他不是政治家，難免會在國家大事上有一些誤解。

布里契奈德看見魚已經上鉤，就決定收網了：「現在，我以一名員警的身分告訴你，**你被逮捕了！**」布里契奈德向帥克出示了他的員警證件。

看到剛才還和自己侃侃而談的鄰座酒客，轉眼之間竟然變成了一名便衣員警，帥克有些茫然，他吞吞吐吐地為自己辯護說：「你一定……一定是誤會了，我沒犯過罪，也沒得罪……得罪誰呀？」

「你犯了好幾樁罪行，最嚴重的就是叛國罪，跟我回警局吧！」

帥克無辜地望著酒館老闆帕里威茲，懇求他再給自己一杯白蘭地。酒館老闆同情地看著帥克，但卻一言不發，深怕自己會受到牽連。

「你結婚了嗎？」布里契奈德轉向帕里威茲問：「如果你離開，你老婆能照顧生意嗎？」

「可以。」帕里威茲回答。

「那麼，」布里契奈德輕快地說：「叫你老婆到這裡來，把開店的事情交給她，我晚上再來抓你。」

「**我犯了什麼罪嗎？**」帕里威茲大喊道。他覺得自己謹言慎行，沒有觸碰任何政治話題，所以完全不明白為什麼自己也會被逮捕。

布里契奈德微笑了一下，洋洋得意地說：「就因為你說蒼蠅在皇帝的畫像上面大便！這種話就是大逆不道，必須去坐牢。」

欲加之罪，何患無辭？

就這樣，在便衣警察布里契奈德的誘捕下，帥克和帕里威茲都上了當，先後被抓起來了。如果說帥克是禍從口出，那麼老實的帕里威茲完全是無妄之災，在這亂世的時代，法律和公平簡直形同虛設。

第二章　帥克全數供認

警察局裡擠滿了人，全是因為塞拉耶佛案被關進來的。帥克被關在二樓的一間拘留室裡。在帥克進去之前，那裡已經有六個人了。其中的五個人圍坐在桌邊，另外一個中年人獨自坐在牆角的草墊上，彷彿不屑與其他人靠近似的。

帥克問起他們被捕的原因，發現有五個人和自己一樣，都是因為塞拉耶佛這件事才被關進來。唯一不同的是那個中年人，他是因為企圖暴力搶劫而被逮捕。但令人感到奇妙的是，真正犯罪的他反而刑罰最輕，他躲著帥克等人，生怕和這些政治犯交談會加重自己的罪行。

帥克找到同病相憐的夥伴，更是打開了話匣子。

他們互相坦白彼此被捕的經過，多數人都是在旅店、酒館或是咖啡館裡被捕的。有一位小個子的先生，他是位史學教授，他在酒館裡跟人講述各種暗殺

的歷史事件，就被當作煽動刺殺陰謀而被逮捕。

另一個人更冤枉，他只是在飯店裡安靜地吃飯，一句話也沒說，連登載斐迪南事件的報紙也沒讀過，有一個便衣警察過來和他搭話，問他有沒有讀報紙、對政治關不關心。

這人回答說，他對什麼都不感興趣，只要可以抽雪茄、吃飽飯，然後再喝上幾杯酒，他就滿足了。

便衣警察追問，為什麼對這麼轟動的塞拉耶佛暗殺案一點也不感興趣，是不是因為作賊心虛，所以才不敢談論。

層出不窮的提問把他逼煩了，這人就大吼說，他對什麼暗殺案都沒興趣，不管是在布拉格、還是在維也納，在塞拉耶佛、還是在倫敦，要是某地某時有某人被刺，那是他自己活該！誰叫他自己不當心，讓人給暗殺了！

這番話讓便衣警察抓到了把柄，當場就把他給抓了起來。

「我們的處境是沒希望了。」聽完大家的敘述，帥克總結說。

「國家要這些警察做什麼？就是為了懲治像我們這樣多嘴的人。現在時局混亂，連大公爵都被暗殺，我們會被抓進來也是很正常的事。

「以前我認識一個吉普賽人，因為天氣冷，他到雜貨店裡去暖暖身體，結果就被當做是強闖店鋪、意圖搶劫而被抓了起來。他對天發誓說沒有犯罪，但也無濟於事。所以只要落到這些警察的手裡，你就必定要倒大楣。再說，那些警察抓我們，也只是要找一些代罪羔羊，免得上司責怪他們沒在做事。」

「不過這樣也好，」帥克接著說：「我們有這麼多人被關在一起，也不會覺得無聊啦！」

話一說完，帥克就在草墊上伸開四肢躺平，心滿意足地睡著了。

但是，帥克的美夢不久後就被人打斷了，有人來帶他去問訊。於是，帥克被帶到三樓的審訊室裡。

「各位大人晚安！祝福各位身體健康！」

帥克滿面春風地向審訊官們問好，但是卻沒有人理會他。一個獄警朝他的肋骨捶了幾下，示意他閉嘴。帥克便咧嘴一笑，他天性隨和，對於別人的粗魯行為也十分寬容。

坐在對面的一位審訊官殺氣騰騰地瞪了帥克一眼，怒吼道：「別給我故意裝傻！」

「沒辦法，」帥克看著這位冷冰冰的審訊官，一本正經地回答：「軍中部隊就是因為我有精神障礙，才撤銷了我的軍籍，我的毛病是有官方文件可以證明的。」

「從你被控告和你所犯的罪來看，你一點都不傻！」那位審訊官惡狠狠地說。

接著他列出了帥克的一連串罪名：從叛國罪，一直到侮蔑皇太子和皇室罪；其中最惡劣的，就是同意暗殺大公爵斐迪南。從這裡又衍生出許多新的罪名，在這裡面最引人注目的就是煽動叛亂，因為帥克的反叛言論都是在大庭廣眾之下說的。

「**你還有什麼要辯解的嗎？**」那位審訊官問道。

「沒有，我全部招認了。」帥克天真地說：「如果我不認罪的話，你們要怎麼向上級交代呀！就像我在軍隊裡的時候一樣，總是在幫上司頂罪。」

帥克這麼痛快乾脆地認罪，讓審訊官們有些始料未及，他們懷疑背後還有什麼陰謀，便說：「帥克一定是為了保護共犯，才會獨自扛下所有罪名。」

「你平常都跟誰一起生活？」一位審訊官凶巴巴地問。

「一個女傭，大人。」

「你和這地方的政治團體都沒有往來嗎？」

「怎麼會沒有，我訂了一份《民族政策報》，就是你們這些審訊官大人都愛看的那種報紙。」

「快滾！」沒有從帥克嘴裡套到任何具有價值的資訊，那位審訊官氣得大聲咆哮。

「再見了，大人！」帥克從容地離開了審訊室。

帥克一回到牢房裡，就告訴其他憂心忡忡的犯人們，問訊過程非常地有趣。「審訊官大人朝你大聲吼幾句，就會叫你離開了。你們不必擔心，而且現在問訊，不會再用燒紅的烙鐵、或是灌熔化的鉛來拷問人了！」

其他犯人都鬆了一口氣。帥克開始列舉被捕的種種好處，包括住的地方寬敞、每人都有自己的座位和睡覺的草墊；吃得也不錯，有湯喝、有麵包吃，還有茶水；廁所也設在房間裡，上廁所非常方便；只是審訊室稍微遠了一點，不過樓梯和走道都很乾淨，就當做是出去散步。

「這一切都表示：世界真的進步了，犯人們的待遇也越來越好了！」帥克剛稱讚完文明的現代監獄，就看見獄警打開門，喊道：「帥克，穿上衣服，出去問訊！」

「我這就穿。」帥克回答說：「我只是不太懂，應該是搞錯了吧？我剛剛才從審訊室回來，現在又叫我去，這些和我關在一起的獄友們一定都會生氣，我竟然可以去問訊兩次，他們卻還一次都沒去，他們一定會嫉妒我的。」

「快出來，別廢話！」獄警不耐煩地叫道。

帥克又站到那位滿臉凶狠的審訊官面前了。

「你全部都招認嗎？」審訊官粗暴地問道。

帥克睜大他那雙善良的藍色眼睛，凝視著對面的審訊官，溫和地說：「假如大人您要我招認，那麼我就招認，反正我也不會有什麼損失。假如您說：『帥克，你什麼也別招認！』那我也會死不認帳的。」

審訊官遞給帥克一支鋼筆，叫他簽字認罪。

帥克就在布里契奈德的告密書上簽了字，並且在後面加上一句：以上對我的控告，均屬事實。約瑟夫·帥克。

「還有什麼其他的文件要我簽名嗎？或是我明天早上再來一趟？」帥克語氣輕鬆地說。

「不用，因為明天早上就要送你去刑事法庭啦！」審訊官回答。

「幾點鐘，大人？我可不想睡過頭。」

「滾！」審訊官再次咆哮起來。

帥克一回到拘留室，就被室友們團團圍住，詢問他第二次問訊的情形。帥克簡單地回答道：「我剛招認了斐迪南大公爵就是我策劃暗殺的。」說完，他就躺在草墊上嘀咕著：「這下可麻煩了，我們這裡沒有鬧鐘，明天早上不知道能不能準時醒來。」

事實證明，第二天一大清早，無需鬧鐘也有人來叫醒他。六點整，帥克被帶上一輛綠色囚車，載往省立法院的刑事廳。

「各位夥伴們，我先走了，早起的鳥兒有蟲吃！」出發前，帥克一派輕鬆對他的室友們說。

第三章 帥克被認定是精神病患

相較於警察局，省立法院刑事廳既乾淨又舒適——雪白的牆壁、漆黑的鐵柵欄，還有和藹可親的審判官老爺爺們，帥克非常喜歡這裡的一切。

帥克的審判官是一位文質彬彬的老先生。他年事已高、相貌和善，即使在審問令人髮指的殺人犯時，也依舊不改他的溫和親切。

當帥克被帶進來時，審判官很有禮貌地請他坐下，然後微笑地問道：「閣下就是帥克先生吧？」

「我想我應該就是，」帥克回答說：「因為我的爸爸姓帥克，我的媽媽是帥克太太，我不能否認自己的姓氏，更不能讓他們丟臉。」

審判官的臉上浮現一絲笑容，說：「你做了這麼多的壞事，良心上一定很不安吧？」

「我的良心一向都不太安穩。」帥克笑得比審判官還要燦爛，「大人，我

?
?
?
Ra
Pb
12,897x13,863=?

敢打賭我的良心一定比您的還要不安。」

「你已經簽署供狀了，但按照法律程序，在判決之前，我們還是要派醫生來幫你做檢查，以確定你的智力與被指控的罪名相符。」

審訊到此結束了。

帥克和審判官開心地道別，然後就被送回拘留室裡。室友們又圍住他打聽審訊情況。

一聽說帥克要接受醫生的鑑定，大家就爭先恐後地給他出主意。有一個人建議帥克靠裝瘋賣傻蒙混過關，但另一個人卻表示這樣根本沒有用：他自己以前就曾經裝過羊癲瘋——口吐白沫、咬人、喝墨水，結果還是被醫生判定為精神正常。

「各位，一個人越執著於一件事，也許就越不會實現。」帥克灑脫地說：「我們還是順其自然吧！」

負責給帥克鑑定的醫師委員會，由三位表情嚴肅的醫生組成，他們的結論將直接決定，帥克是被關進精神病院治療，還是入獄服刑。

醫生們開始用連珠炮似的發問來測試帥克：

「鐳比鉛重嗎？」

「我沒有秤過，大人。」帥克笑瞇瞇地回答。

「你相信世界末日嗎？」

「我得先看到這個末日再說。」帥克鄭重其事地說：「可是我敢保證，它絕對不會是明天。」

「那麼，你能算出地球的直徑嗎？」

「大人，這我可做不到。」帥克回答說：「不過既然大人們愛出題目，那我也出個謎題給你們猜猜吧！聽好了，有一棟三層樓的房子，每層有八面窗戶，屋頂上有兩個天窗和兩個煙囪，每層樓住著兩位房客。現在，請你們告訴我……」

帥克故意停了一下，又大聲叫道：「看守這棟房子的老婦人是在哪一年去世的？」

這樣前後毫無邏輯的題目，只有白痴才想得出來！醫生們會心的看看彼此，已經有了初步的結論。

又有一個醫生發問：「你知道太平洋最深的地方有多深嗎？」

「對不起，大人，我不知道。」帥克回答說：「不過我可以很有自信地說，它絕對比我家門口的那條河還要再深一點。」

「一萬兩千八百九十七乘以一萬三千八百六十三等於多少？」

「七百二十九。」帥克連眼睛都沒眨一下就回答了。

「提問結束。」醫生們示意獄警將帥克帶走。

帥克前腳才離開，醫生們就寫下了他們的決定：依照精神病學的所有理論，一致認定帥克是個澈澈底底的白痴，要求把他關進精神病院。

根據帥克後來的回憶，精神病院的生活是他一生中最愜意的日子之一：在那裡，他可以粗聲喊、尖聲叫，可以唱歌、可以哭、可以咩咩叫、可以胡鬧、可以蹦跳、可以禱告、也可以翻筋斗，可以爬著走、可以單腳跳、可以轉圈跑、可以跳舞、可以亂跑、可以整天蹲在地上、也可以爬牆。任何平常被認為稀奇古怪的事情，在這裡都只是家常便飯。

精神病院的生活很有規律，每天主要的任務就是吃飯和睡覺。這裡的伙食還不錯，每一餐都是一盤牛奶和一條長麵包，而且保證供應。管理員們也非常體貼，一個管理員負責把麵包切成碎塊，另一個拿碎麵包蘸蘸牛奶，然後再餵到他的嘴裡，就像在餵小孩一樣。等帥克吃飽喝足之後，他們又讓他躺下，替他蓋好被子，吩咐他睡覺。

每一天都是這樣吃了睡、睡了吃，吃了睡、睡了吃，用帥克的話說，就是過著豬一般的生活。

可是精神病院也有幾個讓帥克不喜歡的地方，比如：每天都要洗澡。管理員先是把帥克泡在一盆溫水裡，又把他拖出來淋冷水，然後再泡回溫水裡，這樣重複三遍，把帥克搞得七葷八素的，好幾次還因此得了感冒。

另外，周遭的人也都一副神經兮兮的樣子，一位老先生一口咬定自己就是個孕婦，逢人就邀請他去參加自己小孩的滿月酒，不答應就拉著你不放；另一個人一見到帥克，就向他論證說：地球裡面有一個比地球還要巨大的球體；最誇張的是，有一個人總是號稱自己是一本百科全書，所有的知識都藏在他的身體裡面，他還硬要帥克解開他的衣服，從中找出一個「看不見」的字，然後才肯把衣服穿上。

讓這些人天天這樣折騰，連帥克也被弄得心煩意亂起來。但凡事都必定有利有弊，帥克深知這一點，所以並不抱怨。

正當帥克以為自己就要在精神病院裡終老一生的時候，事情卻又發生了一百八十度大轉變。

在精神病院的一次例行檢查中，兩位醫生推翻了醫師委員會的決定。他們認為帥克的精神狀態一切正常，是一個「智力低下、偽裝生病的逃避兵役者」，於是便要求把帥克趕出精神病院。

帥克百般不捨，他不想離開這個不用工作、就有吃有喝的人間天堂。而且當時還是午餐時間，他很想先吃完午餐再走，所以他四腳朝天地賴在地上，怎麼勸都不肯走。

但是管理員也不是好惹的，他們叫來兩個巡警，把餓著肚子的帥克強行拖出了精神病院。巡警把帥克帶到位於薩爾莫瓦大街的警察局裡，結束了帥克在精神病院的美好時光。

第四章　帥克被釋放

帥克在薩爾莫瓦大街的警察局裡等候審訊，以決定他的下一個去處。他被關在一間又小、又黑的拘留室裡，屋裡還有一個滿臉憂愁的小個子男生。但是帥克天性樂觀，身處何地都能苦中作樂，況且這已經是他第二次進拘留室了，因此更加處之泰然。

他在牢房裡發現了一件有趣的事，就是研究牆壁上的字跡。犯人們個個思想活躍，在房間的四面牆上寫滿了五花八門的內容。

一個囚犯寫道：「警察，有種就來和我單挑，看看誰輸誰贏！」另一個寫著：「臃腫肥胖的警察們，你們除了造謠誣陷，其他什麼都不會！」

也有比較理性一點的，有一個囚犯像寫日記一樣，平鋪直敘地記錄他的日常生活：「今天是一九一三年六月五日，伙食還不錯。」

甚至還有才華洋溢的詩人，有一位囚犯就寫了首詩：「滿腹憂愁坐溪旁，

夕陽漸漸落山崗。遙望霞光消失處，佳人孤獨在何方？」

正當帥克興致勃勃地欣賞這些獄中傑作時，他的小個子牢友突然雙手抱頭喊道：「求求你們放了我吧！」隨後他又自言自語地說：「不，他們不會放了我的，不會的。我從今天早上六點就被關進來了！」

帥克正想安慰他幾句，小個子可憐兮兮地轉向帥克說：「你身上有皮帶嗎？我乾脆自己結束生命好了。」

「很樂意為你效勞，我還從來沒見過有人在牢房裡用皮帶尋短呢！」帥克一邊回答，一邊解下身上的皮帶，「不過真是糟糕，這裡沒有鉤子，窗戶的插銷又支撐不住你，這樣要怎麼辦呢？」

小個子望了望帥克塞進他手裡的皮帶，把它丟到角落裡，接著便痛哭起來。

他一邊用髒兮兮的手擦著眼淚，一邊喊著：「我是有妻小的人呀！老天爺啊！可憐可憐我那苦命的老婆和孩子們吧！」他反反覆覆地嘮叨個不停。後來，他才稍微安靜了一些，然後走到門口，用拳頭在門上亂捶。

「你要幹什麼？」嘈雜的響聲招來了獄警。

「**放了我吧！**」小個子絕望地乞求著。

「你別做夢了，給我老老實實地待著！」獄警頭也不回地走掉了。

「看樣子他好像不怎麼喜歡你。」帥克說：「你還是平心靜氣地坐下來，不然惹惱了那些獄警，他們什麼可怕的事情都做得出來！」

小個子垂頭喪氣地坐了下來。

過了好一會兒，走廊裡又響起沉重的腳步聲。鑰匙在鎖孔裡喀嚓一聲，牢門打開，獄警叫了帥克的名字。

「對不起，」帥克豪爽地說：「我是中午十二點才到這裡來的，可是這位先生早上六點就在這裡了。讓他先吧！我不急。」

「少廢話！」獄警粗魯地把帥克拖到走廊上，隨後關上牢門，留下小個子孤零零地待在裡面。

帥克被帶到審訊室裡，而他已經有了豐富的問訊經驗，所以一點也不緊張，面對審判官也是嬉皮笑臉的。

這名審判官的身材魁梧，看起來很和藹，他說：「抱歉，你又落到我們的手裡了！」

帥克默默地點了點頭，表示同意。他的神情泰然自若，讓審判官都有些懷疑，自己是不是冤枉好人了。

「我們並不想把你關起來，」審判官客氣地說：「我也相信你沒犯什麼重罪，你大概是因為太笨，所以才會被別人引誘去犯罪。告訴我，帥克先生，是誰唆使你去犯罪的？」

「**您真是英明！**」帥克表白道，一雙天真的眼睛緊盯著審判官的臉說：「我根本沒做什麼壞事。斐迪南公爵遇害之後，我很難過，就跑去酒館裡多喝了幾杯、說些關於國家未來的話，可這都是因為我對國家的熱愛呀！」

「你的這份愛國熱忱我可以充分了解，」帥克無辜的表情贏得了審判官的好感，「不過我還是希望你能換種方式來表達，你會被逮捕，可能是因為你錯誤地表現你的愛國熱忱了。」

「如果有人連危難的時候都會第一個想到國家，那他一定不會是什麼壞人吧？」帥克滿臉真誠地說。

審判官審視了帥克一番，然後宣布：「滾出去吧！以後記得要規矩一點，如果你再被抓到這裡來，我可不會再對你客氣了，我會直接把你送到軍事法庭去槍斃！懂了嗎？」

意外獲釋令帥克感動不已，他突然撲上前去，抓住審判官的手用力親了一下，說：「願上帝祝福您！任何時候，只要您想要一隻純種的好狗，請來找我，我可是一名優秀的販狗商人。」帥克臨走前還不忘推銷一下他的生意，這真是一位十分會做生意的商人！

重獲自由的帥克先去了瓶記酒館。酒館裡死氣沉沉的，幾個老主顧坐在裡面，正無精打采地喝著悶酒。櫃檯後面，坐著老闆娘帕里威茲太太，她神色冰冷地望著啤酒桶的水龍頭。

「我回來啦！」帥克高興地說：「給我來杯啤酒吧！帕里威茲先生上哪去啦？他應該也回來了吧！」

帕里威茲太太突然淚如雨下，嗚咽著說：「一個……星期……以前……他們……判了他……十年有期徒刑！」

「**什麼？有這種事！**」帥克說：「竟然將一個無罪的人判了十年有期徒刑，如果是給一個無罪的人判五年有期徒刑的事，以前我倒是聽說過，可是這一判就是十年，實在是有點過分。」

「看看您，您多幸運呀！」帕里威茲太太哭著說。

帥克剛喝完第二杯啤酒，便衣警察布里契奈德就走了進來。他用眼睛掃視了一下在座的顧客，氣氛立刻緊張起來。幾個正在聊天的客人馬上轉移話題，開始討論足球比賽。

布里契奈德仍不死心，硬是湊過去想聽聽他們有沒有在聊政治。客人們立刻一哄而散，幾分鐘之內就陸續逃出了酒館。

布里契奈德看看空蕩蕩的酒館，點了一杯啤酒，在帥克身邊坐了下來。

「**啊！原來是您呀！**」帥克熱情地握住他的手，「我剛才怎麼沒認出來，記性還真差，才見一次面就忘記了。最近在忙些什麼？您常到這裡來嗎？」

「我今天是專程來找你的。」布里契奈德說：「警察局裡的同事跟我說，你是販狗商人，我想拜託你幫我找一隻會抓老鼠的狗。」

「這個簡單。」帥克回答說：「您是要找純種狗還是混種狗？」

「我要一隻純種狗。」

「您不找一隻警犬嗎？就是那種可以聞出微弱的味道，然後帶您到犯案現場的狗。」

「我就想要一隻會抓老鼠的狗！」布里契奈德有點摸不著頭腦地說，其實他對狗並不了解，買狗也只是一個幌子。

警察局派布里契奈德來的真正目的，其實是想從帥克口中刺探出誰才是他的幕後指使者。為此，警察局還特別允許他動用公款來買狗。

「捕鼠狗有大有小。」帥克說：「我這裡有兩隻小狗和三隻大狗，都是好狗，您看如何？」

「我就要這種，一隻要多少錢？」

「這要看大小，捕鼠狗跟牛的價錢相反，越小隻越貴。」

「我要一隻可以用來看家的大狗。」布里契奈德說。他怕把便衣警察的公款用得太多，等一下又要被上司責罵了。

「好！一隻大狗我賣您五十克郎，另外就是，您要公狗還是母狗？」

「都可以。」布里契奈德回答道。他覺得已經有點偏離目標了，便說：「你替我準備好，明天晚上七點鐘我會過來拿。」

「沒問題，不過我最近比較缺錢，所以想請您先預付三十克郎給我。」

布里契奈德付了錢，然後對帥克說：「好，讓我們為這筆交易乾一杯，這一頓我請客。」

他們喝第一杯的時候，布里契奈德說，每個弱國都註定要滅亡，問帥克對此有何看法。帥克便說，對國家他無能為力，他照顧過一隻虛弱的聖伯納幼犬，餵牠吃軍用餅乾，可是牠最後還是死了。

接著，布里契奈德又自稱自己是個無政府主義者，向帥克請教他應該加入哪個組織。帥克沒理會他，只說有一次，有一個無政府主義者，用一百克郎向他買了一隻萊歐堡狗，可是到現在都還沒付款。

他們兩人一共喝了四杯酒，但是帥克完全沒有上當，倒是布里契奈德在結帳的時候有些心疼。之後，帥克就回到他的老房子，他的出現讓摩勒太太大吃一驚，這段期間，摩勒太太一直免費替帥克整理房間。

「我以為您得要好多好多年以後，才能回來呢！」她熱淚盈眶地說。為了慶祝帥克出獄，摩勒太太趕緊去鋪了床，又到廚房去煮些好吃的東西。當初帥克被捕，摩勒太太傷心了好一陣子，因為她一直很喜歡善良的帥克先生。

第二天，布里契奈德準時來取狗。他昨晚回去反省了一整夜，認為自己白天的行動實在很失敗，因此更覺得自己應該再加把勁，引誘帥克談論政治，從中找出有價值的資訊。

所以這一天，布里契奈德就纏著帥克聊個不停，一直企圖把話題引到政治上。但上過一次當的帥克非常精明，無論布里契奈德怎麼引誘，他都只講如何照顧小狗的話題。

不僅如此，帥克還運用他的三寸不爛之舌，不斷地向布里契奈德推銷他的小狗。兩者的交鋒結果證明了帥克的實力，因為他成功地把一隻隻奇醜無比、來路不明的混種狗，推銷給了布里契奈德。

如果有人在奧地利瓦解後，翻找員警的檔案，就可以在「便衣警察使用款項」一欄目裡讀到以下條目：B——四十克朗、F——五十克朗、M——八十克朗等。千萬不要認為B、F、M這些字母是人名的縮寫，還以為捷克人竟然為了這麼一點錢，就把自己的同胞出賣給了奧匈帝國。

實際上，B代表「聖伯納犬」、F代表「安格納獵狐犬」、M代表「猛犬」，這些都是帥克賣給布里契奈德的混種狗。在這次的較量中，帥克成了贏家。

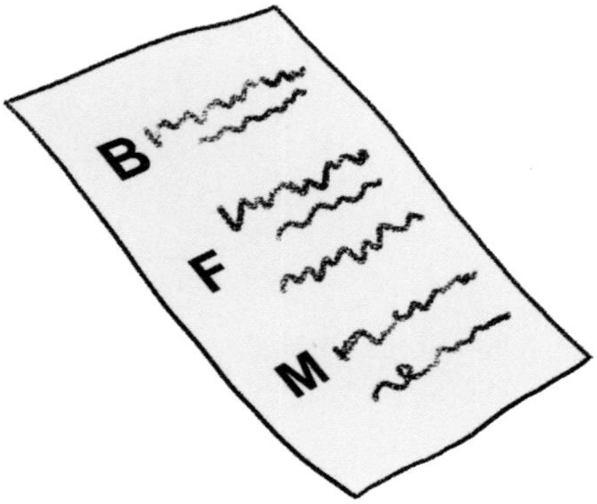

第五章　帥克成了名人

一九一四年八月，奧地利軍隊和俄軍在加里西亞進行大決戰，奧地利全線潰敗。雪上加霜的是，在塞爾維亞作戰的奧地利軍隊也正狼狽地吃著敗仗。由於前線吃緊，奧地利陸軍開始大規模地徵兵。

帥克又一次接到入伍通知，限他在一個星期內接受體檢。但不巧的是，帥克的風濕病又復發了，整整三天都沒辦法下床。

「摩勒太太，」帥克用沉靜的語調叫道：「請你過來一下。」

摩勒太太從廚房裡跑了出來，站在他的床前，說：「您有什麼要吩咐的嗎？帥克先生。」

帥克掙扎著從床上坐起身來，「**我要從軍去了。**」他的聲音裡帶著一種神祕地莊嚴。

「我的天哪！」摩勒太太叫道：「您去那裡做什麼呀？」

「打仗。」帥克用一種低沉的聲調說：「奧地利現在形勢危急。在北線，為了保護波蘭，我們的主要戰力被圍困住；在南線，我們的軍隊如果再不快一點，整個匈牙利就要被敵人給占領了。我們現在腹背受敵，所以國家才徵召我回去當兵。」

「可是您現在還沒辦法走路呀！」

「這不要緊，摩勒太太，我決定要坐著輪椅入伍。你認識街角的糖果店老闆吧？他有一張輪椅。摩勒太太，你就用輪椅把我推去徵兵委員會吧！」

摩勒太太感動得流下眼淚：「先生，我還是給您找個醫生吧！」

「不用。除了沒辦法走動之外，我還是個身體十分健康的炮灰，現在奧地利國難當前，每位殘疾人士都應該堅守他的崗位。你儘管去煮咖啡吧！」

摩勒太太卻奔出房門去找醫生。一個鐘頭後，醫生來了：「我是帕威克醫生，伸出手來給我看看……把這溫度計夾在腋下……舌頭伸出來……」

「你們別管我，我要上前線去了。」帥克有點不耐煩。

「別再想入伍的事情了，小夥子。」醫生苦口婆心地勸道：「你的風濕病很嚴重，必須安心靜養。我先給你開藥，明天再來看你。」

醫生的勸告讓愛國心切的帥克沮喪不已。風濕病讓他很難受，但他心裡始終惦念著前線的戰事。他躺在床上唱起奧地利國歌，還叫摩勒太太去買了張軍事地圖，對著地圖前思後想，思考著奧地利的軍隊要如何布局才能獲勝。

最後，帥克決定不顧醫生的忠告，準時去徵兵委員會報到。為此，他做了精心的準備。首先，他叫摩勒太太替他買一頂軍帽；然後，又請她去街角的糖果店老闆那裡借輪椅；他還需要一副拐杖，恰好糖果店老闆也保留著一副，就一起借來了；摩勒太太還特別替他準備了新兵們胸口佩戴的光榮花。

就這樣，在帥克前往體檢的當天，布拉格街頭就出現了以下這幅忠君報國的動人場面：一個老婦人推著輪椅，上面坐著一位頭戴軍帽的男子，他那嵌著奧皇標誌的帽徽閃著亮光，外衣佩戴著一朵鮮豔奪目的光榮花，手裡還舉著一副拐杖。這人不斷地揮舞著拐杖，沿著布拉格的街道喊著：「打到貝爾格勒去！打到貝爾格勒去！」

帥克的行為感動了很多市民，他們自發地簇擁著他朝體檢處走去。人越聚越多，甚至堵塞交通，還驚動了員警。最後，為了交通的順暢，警察局便派出兩名騎警，把帥克連同他的輪椅，一起護送到徵兵委員會那裡。

帥克帶病入伍的事情，引起了媒體的關注。幾家有影響力的報紙──《布拉格官方新聞》、《布拉格日報》、《波西米亞報》等都詳細地報導了這件事情。《布拉格日報》稱捷克國土上，再也找不到第二位如此高尚的公民了；《波西米亞報》號召對這位殘疾愛國志士加以獎賞，並呼籲市民們踴躍向這位無名英雄贈送禮物。帥克突然之間變成布拉格街頭巷尾、人盡皆知的名人了。

一夜之間，帥克成了英雄，市民們都對他肅然起敬。但徵兵委員會的官員們卻另有想法，

尤其是委員會主席鮑茲醫生。這位醫生生性多疑，認為每個人都生來自私，只想坐享其成。在他看來，那些聲稱有病的人，其實都非常健康，只是在裝病以逃避兵役。鮑茲醫生的檢查十分嚴格，在他負責的兩個半月裡，一共檢查了一萬一千名壯丁，其中一萬零九百九十九名被查出是裝病逃避兵役。剩下的那一個，在鮑茲醫生大聲叫他向後轉的時候，受到過度驚嚇，當場心臟病發死了。即便如此，鮑茲醫生還是在他的死亡證明書上寫道：死去的裝病逃兵。

當鮑茲醫生聽說有個名叫帥克的男人，不顧自身安危、自告奮勇要上前線的時候，就斷定這一定是個招搖撞騙、為出名而不擇手段的人。他決心要當面揭穿帥克的真面目。

帥克進了檢查室。

士官一面翻閱帥克的檔案，一面說：「神經不健全、體格屬於最下等。」

「你還有什麼別的毛病嗎？」鮑茲醫生問。

「報告長官，我有風濕。可是我即使是粉身碎骨，也一定要效忠皇帝。」

帥克信誓旦旦地說。

「虛偽！」鮑茲心裡想：「假裝自己得了風濕病，想用這麼拙劣的伎倆來騙我！」他用小錘子用力敲了一下帥克的膝蓋，痛得帥克忍不住跳了起來。「裝得還挺像的。」鮑茲看了一眼帥克，「這傢伙賊頭賊腦的，鐵定是個徹頭徹尾的騙子。」僅僅一分鐘，鮑茲醫生就給了帥克一個負面的評價。

「你是靠裝病來逃避兵役的人。」鮑茲說道，轉身後冷冰冰地告訴士官：「馬上把他關起來！」

兩個士兵扛著上了刺刀的步槍，將帥克押到軍事監獄。跟隨帥克的人們全都嚇傻了，大家看著帥克拄著兩根舊拐杖一瘸一拐地走著，大衣口袋裡還插著一束新兵入伍的鮮花，押解他的刺刀在陽光底下閃閃發亮。兩位士兵一邊走一邊喊：「**讓開！讓開！我們要押解逃兵去監獄！**」帥克面不改色，仍像他剛來的時候一樣，聲音洪亮地喊叫著：「打到貝爾格勒去！打到貝爾格勒去！」

歡呼的人群怎樣也沒想到，他們的英雄竟然突然之間就淪為階下囚了。徵兵委員會裡面究竟發生了什麼事？誰也不知道。大家低聲議論著，有些人說帥克只是沽名釣譽，現在真相大白了，坐牢是他應得的下場。但是更多的人站在帥克這一邊，認為他是被冤枉的，但身處亂世，誰也不想因為同情政治犯而受牽連，所以大家都選擇沉默以對，接著便悄然散去。連扶著輪椅、在橋上等著帥克的摩勒太太，也把輪椅丟下，獨自回家去了。雖然她深信帥克先生是個好人，但也對此無能為力。

第六章　殘酷的刑罰

在前線節節敗退的關頭，軍隊急需的是源源不絕的新兵來補充軍事力量。因此那些裝病逃避兵役的人，就成了眾矢之的。軍事監獄的醫生們對逃兵深惡痛絕，立志要找出任何有此嫌疑的人。無論你是號稱罹患肺結核、風濕病、腎臟病、糖尿病、肺炎或其他雜症，軍醫們都要對你進行嚴格的考驗，用來辨別你是真病還是假病。

考驗的程序共分五個等級，從低到高，依次施行：第一級是絕對的飲食控制。不論患上什麼病，一律節食，早晚喝一杯茶，連喝三天，為了發汗，每次一起服用解熱鎮痛藥阿斯匹靈一劑；第二級則是為了打破軍隊都是在吃喝玩樂的錯誤印象，每人一律大量服用金雞納霜粉劑，讓你每天都會頭暈和嘔吐；第三級是每天用一公升的溫水來洗胃兩次；第四級是使用灌腸藥和肥皂水及甘油；第五級，也是最殘酷的，就是在冬天用冷水浸過的被單包裹身體。

這五級刑罰把被考驗者折磨得痛不欲生。一些有勇氣的人經歷過這五級苦刑，就一命嗚呼了，直接被裝進棺材裡，送往軍用墓地去埋葬。還有一些膽小的人，剛要進行到灌腸的階段，就宣稱疾病已經痊癒了，他們唯一的請求，就是跟著下一支先遣隊伍，馬上進入戰壕。這是軍醫最得意的時候：正是他們的努力，才又找出了這些裝病又逃避兵役的人，而且還為前線補充了一批新血。我們不能完全否認軍醫的功勞，他們可能真的找出了一些裝病的人，但大多數的人，其實都是身患各種重症、貨真價實的病人。

進到軍事監獄，帥克被關進一間當作病房的茅棚，幾個裝病逃避兵役的人，已經在裡面了。他們好奇地看著新來的病友，問說：「你得了什麼病？」

「我有風濕病。」帥克回答。眾人大笑，彷彿帥克說了一個滑稽的笑話。

「在這裡，風濕病可不能讓你逃過兵役。」一個胖嘟嘟的傢伙說：「因為風濕病而免除兵役，這機率跟公雞生蛋一樣小！」

什麼病才能逃過兵役，這引起大家的興趣，病友們踴躍發言。一個人說，最好的辦法是裝瘋賣傻，整天胡言亂語、滿地打滾、見人就咬；另一個認為，應該找個力氣大的人，把自己的腳打到脫臼，變成終身殘廢最好，肯定不用進軍隊了；還有一個瘦骨嶙峋的病人現身說法，說他吃過各種毒藥：砒霜、鴉片、硫酸，什麼都嘗試過了，自己的五臟六腑全毀，現在連醫生也不知道他得的是什麼病。

「這些辦法我都不需要。」帥克誠懇地說：「我真的有風濕病，而且醫生一定會相信我的。」

這段話又引起一陣大笑。

下午醫生診察病房的時間到了。葛朗士坦醫生按著病床號依次檢查，一個軍醫處的勤務兵跟在後面，拿著筆記簿記錄。

「馬昆那！」

「有！」

「給他灌腸藥，吃阿斯匹靈。波寇尼！」

「有！」

「洗胃，吃金雞納霜。克伐里克！」

「有！」

「灌腸藥和阿斯匹靈。」

醫生一一檢查，被叫到的病人面如土色，明白新一輪的折磨即將開始了。

「帥克！」

「有！」

葛朗士坦醫生看了一眼這新來的人，問說：「你有什麼病？」

「報告長官，我有風濕病。」

就像其他病友們預料的一樣，葛朗士坦醫生臉上浮現一絲嘲諷的笑容：

「啊！風濕病，你這個病來得可真巧！早不來晚不來，偏偏打仗的時候就發作了！你心裡一定非常著急吧！」

「報告長官，我確實非常著急！」

「看來讓我給猜對了，哼！」葛朗士坦話鋒一轉，「不打仗的時候，你活蹦亂跳地像隻兔子，可是一遇到打仗，你的風濕病馬上就發作了，連走路都有困難。我說得對不對？」

「不是這樣的，長官！我是真的……」

「別辯解了。我對付風濕病可是很有一套的，比什麼靈丹妙藥都有效，保證你在幾天之內就健步如飛，可以踏著大步上前線了。」

他轉身對勤務兵說：「記下來：帥克，絕對的飲食控制，每天洗胃兩次，灌腸一次。記住，灌腸的時候一定要灌夠，要灌得他哭爹喊娘才行，好把他的風濕病給嚇跑。先看看初期效果，然後再考慮後續的治療。」

接著，他又對所有病人發表了一則熱情洋溢的演說，再一次警告大家：「你們千萬別以為這裡的人是傻瓜，會被你們的伎倆給矇騙過去。我一點也不在乎你們的那些藉口，我曉得你們都是故意裝病來逃避兵役的。像你們這種人，我對付過不知道幾百、幾千個。事實上，你們一點毛病也沒有，只是缺乏愛國心。你們的同胞在前線為國捐軀，你們卻想賴在床上、吃著醫院的飯、等著戰爭結束。哼！你們打錯算盤啦！因為我不會讓你們得逞的！」

「報告長官，」一個病人有氣無力地說：「我的病完全好了。昨天夜裡，我的氣喘好像消失得無影無蹤了。」

「你叫什麼名字？」

「克伐里克，長官。我今天應該可以不用再接受治療了吧？」這個自稱已經痊癒的人懇求道。

「不行，出院之前再去灌一次腸，吃一顆阿斯匹靈，算是給你上戰場之前先提提神。」葛朗士坦醫生簡短地說：「聽著，我現在唸到誰的名字，誰就到士官那裡，照著他的話去做。」

於是，每個人都按照醫生的指示，接受了新一輪的折磨。帥克也不例外，他被帶到手術室，被強行灌了一大桶水，把胃給洗了一遍，接著又被灌腸，腸子被灌腸劑給塞得滿滿的。整個過程把帥克折磨得死去活來，不過他表現得相當堅強，連一句呻吟和求饒的話都沒有說出口。

第二天查房時，葛朗士坦醫生再次詢問了帥克的病情，帥克說，他還是感覺膝蓋會痛。醫生為了給他治病，便加重了他的藥量。除了第一天的分量以外，又給他加上一些阿斯匹靈和三粒金雞納霜，叫他當場用一杯水配著服下。帥克平靜地將藥給吃了，毫無畏懼。

第三天，帥克的風濕病還是沒有好轉。葛朗士坦醫生決定使出他的最後一招，一定要讓帥克認輸。帥克被命令裹上一條冷水浸過的被單。時值寒冬、北風刺骨，帥克冷得直發抖。

「感覺怎麼樣？」醫生問道。

「報告長官，就像在浴池裡或是在海濱避暑一樣。」

「你現在還有風濕病嗎？」

「報告長官，我的病還沒有好。」

這麼多的苦刑都沒能讓帥克屈服，葛朗士坦醫生以前從未見過這樣的「硬漢」，於是便去找其他人來幫忙對付帥克。

第四天早晨，可惡的徵兵委員會又來了。他們輪流給帥克做檢查，拍拍他的頭、摸摸他的脖子、量量他的體溫、聽聽他的心跳，然後又提了一大堆的問題。經過一連串的體格和腦力測試之後，委員們對帥克的診斷，出現了很大的分歧：有一半的委員認為帥克是白痴，完全就是個傻瓜；而另一半則認為他是個騙子，而且還是個聰明絕頂的騙子。

「**我很想知道你究竟想搞什麼鬼？**」主任委員說。

「報告長官，我什麼都沒有想，」帥克用一種孩童般純真的眼神望著全體委員們，「很多年以前，當我還在當兵的時候，我的長官總是對我說：『當兵的人不許思考，因為長官都已經替我想好了。』所以絕對不能思考……」

「閉嘴！」主任委員強行打斷了帥克的話，「你不是什麼白痴，你是個騙子、無賴、流氓，你聽懂了嗎？」

「**是的，我聽懂了。**」

「那麼你就給我閉嘴！我說話的時候，不許你說廢話，明白嗎？」

「是的，我明白，不許我說廢話。」

帥克的行為幾乎把主任委員氣瘋了。他把士官叫進來說：「這傢伙健壯得像隻公牛一樣，他就是裝病，想逃避兵役。他以為到這裡是來玩樂的，一直胡說八道，拿他的長官開玩笑，把我們這些人當猴子耍。把他給我送到警備司令部的看守所去，好好教訓教訓他，讓他知道軍隊裡可不是鬧著玩的！」

在主任委員的怒吼聲中，帥克又被帶走了。徵兵委員會為其他的病人也做出了安排：在七十個病人當中，只有兩名被認定為真正患病而免除兵役：一個是被炮彈炸掉了一條腿，另外一個則是罹患慢性骨膜炎而動彈不得。其他人，連同三名奄奄一息的晚期肺結核患者，都被宣布為體格健康、可以服兵役。

第七章 帥克在看守所

如果說軍事監獄可怕、軍醫們不人道的話，那麼警備司令部的看守所，就只能用令人髮指來形容了，而看守所的管理人員簡直可以說是殘暴成性。整間看守所由看守所長斯拉威克、林哈特上尉和綽號「劊子手」的中尉瑞帕三人負責，被他們折磨致死的囚犯不計其數。

帥克來的第一天就已經見識到他們的厲害了。

帥克一被押到看守所，所長斯拉威克就朝帥克的肚子狠狠地揍了一下，「你衣服口袋裡有什麼？如果是錢，就趕快交出來，在監獄裡不許你搗蛋、也不許撒謊，否則就要你好看！」

這時，從監牢裡抬出來一具滿身是血的屍體。「這傢伙給我添了不少麻煩，」中尉瑞帕抱怨道：「這小子實在太強壯了，我足足打了他五分多鐘，他的肋骨才斷掉，然後吐血。但他還是多活了整整十天。」

「把他丟出去餵狗吧！」看守所長厭惡地踢了屍體一腳，然後轉過頭來惡狠狠地警告帥克說：「看到沒有，誰要是在這裡搗蛋，或者想逃跑，下場就是這樣。你要是想在上頭派人來檢查的時候趁機打小報告，那就是自討苦吃。」

「要是上頭有人問你，有沒有什麼不滿意的地方，」所長繼續訓話：「你要立正，敬禮，然後說：『報告長官，沒有什麼要抱怨的，我非常滿意。』好了，你這廢物，把我的話重複一遍。」

「報告長官，沒有什麼要抱怨的，我非常滿意。」帥克滿臉笑容地把話重複了一遍。

「好，現在脫掉衣服，只留下內衣和內褲，進到十六號牢房去。」看守所長命令道。

衣冠不整的帥克剛開始有點不好意思，但是等他到十六號牢房一看，他就安心多了。因為關在裡面的二十個人也都只穿著內衣和內褲。實際上，如果不是因為他們的內衣和內褲太髒，又或者是窗戶上有著鐵柵欄，一眼望過去，你會以為他們是在游泳池的更衣室裡！

看守所果然是個磨練人的地方，這裡的生活十分糟糕：每天吃著腐爛變質的食物，經常有一餐沒一餐的；看守人還經常過來「教育」他們，痛打一頓或者是踢上幾腳。

但帥克本著樂觀的態度，很快就適應了這樣的生活。他還從裡面找到一個有趣的娛樂——去教堂聽神父講道理。

帥克喜歡教堂，倒不是因為想跟上帝更親近，或是想多學一點宗教知識，他才不關心這些虛無縹緲的事情呢！帥克關心的是，能不能在走廊或院子裡，發現一根被丟掉的雪茄或是香菸屁股。而且比起看守所裡孤寂的日子，奧托．卡茨神父的道理算是十分有趣的了。

奧托神父的講道內容天馬行空、形式多樣。心情好的時候，他會用雄壯的聲調來朗誦經文，抑揚頓挫、讓人心情舒暢；心情糟糕的時候，他就不停地咒罵，把所有惡毒的話都說了一遍，這時犯人們都用心地聽著，以便回去能學以致用；要是神父多喝了幾杯酒，他還會編出一套嶄新的祈禱文和彌撒曲，讓犯人們大開眼界。

但聽道理也是有風險的。有時候奧托神父手捧著高腳杯或彌撒書，一不小心摔了跤、出了糗，這時候，神父就會遷怒別人。他會大聲責備那些幫忙他舉行聖禮的囚犯，說他們是故意絆倒他的。於是，那些人便當場被罰禁食一天，或是戴上手銬腳鐐。但是這些受罰的人卻也不以為然，因為這也是教堂裡經常發生的鬧劇。

「我贊成把你們這群人全都槍斃，你們這群沒用的廢物！」奧托神父朝臺下穿著內衣和內褲的囚犯們喊道：「你們不願意親近基督，寧願走上罪惡的荊棘之路。」

「他今天真是精神飽滿啊！」帥克喃喃自語道：「看來他起碼要講上兩個

小時了。」

「那罪惡的荊棘之路，就是和罪惡相伴的路呀！你們這些笨頭笨腦的蠢貨都是浪子，你們寧願在黑暗的牢房裡遊蕩，也不願意回到上帝身邊來。可是你們只要往遠處、往高處看，就能戰勝罪惡，你們的靈魂就會得到安寧，你們這群下流的東西！喂，坐後面那個傢伙，別再打瞌睡啦！」

睡著的囚犯被推醒，睡眼惺忪地四處張望，奧托神父氣得臉色發紫，大家哄堂大笑起來。帥克的笑聲最響亮，他最喜歡這些好玩的小插曲了。

「我剛才講到哪裡了？記住，你們這群廢物，你們應當知道萬物都是過眼雲煙，只有上帝是永存的。你們應當日夜祈禱，向仁慈的上帝請求，求上帝把祂的神聖注入你們冰冷的心中，求祂用聖潔的慈愛洗淨你們的罪惡，使你們永遠屬於祂。」說到這裡，神父突然大喊起來：「你們聽見了沒有？喂！就是你們，只穿內衣、內褲的傢伙！」

大家仰起頭來，異口同聲地說：「報告神父，聽見了！」

「只是聽見了還不夠，」神父接著講：「在人生陰暗的雲霧裡，即使是上帝的笑容也不能解脫你們的愁苦，因為上帝的恩典也是有限的。坐在後面的那頭蠢驢，你別咳嗽好不好？不然我就把你關起來！你們這群沒腦袋的混蛋，我在這裡只是白白地浪費時間，你們永遠也不會改邪歸正。」

下面的聽眾中傳出一陣嗚咽聲，那是帥克，他哭了。他用拳頭擦著眼睛，周圍的人莫名其妙地看著。神父也吃了一驚，從他到這個教堂以來，還是第一次有人因為聽他講道而流眼淚。這讓他對帥克充滿了好感。

「你叫什麼名字？」神父難得語氣柔和下來。

「報告長官，我叫帥克，十六號牢房的。」帥克認真地回答。一道陽光從教堂的窗戶射進來，照在帥克天真無邪的臉上，更給他增添了一股溫暖的力量。

「你們都應該向帥克學習。」神父高聲說：「他

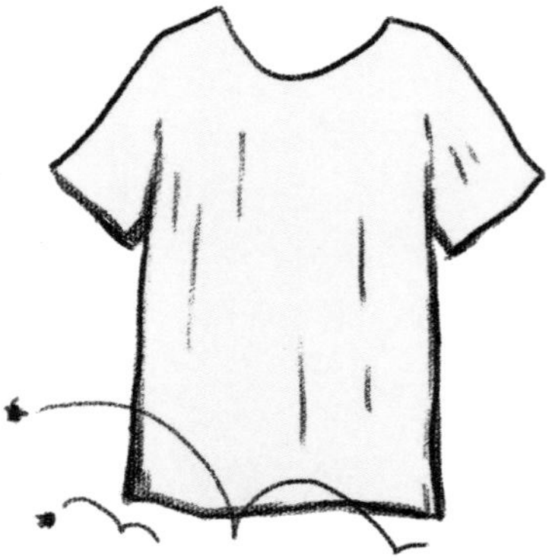

在做什麼呢？他在哭泣。他想要改過自新，才會痛哭流涕，你們其餘的人都在做什麼？什麼也不做！那邊還有人在內衣裡抓蝨子。喂！你不能回去再抓嗎？你們這群流氓，今天我就說到這裡！」

講道一結束，神父就到軍法檢察官的辦公室。

檢察官勃爾尼斯是個不學無術、吊兒郎當的傢伙。他對自己的工作敷衍了事，總是弄丟起訴的資料，然後又重新編造新的。他張冠李戴，把逃兵當作盜賊審查，又把盜賊當作是逃兵。他還憑空捏造政治案件，羅織五花八門的罪名，把它們任意加到受審人的頭上。有些人就這樣被一些匪夷所思的罪名，和一堆莫須有的證據給定罪。

「喂，最近日子過得如何？」神父握了握勃爾尼斯的手說。

「糟透了！」勃爾尼斯回答說：「他們把我的檔案弄得一塌糊塗，現在只有鬼才搞得清楚哪裡是頭、哪裡是尾。昨天我把一個被控叛變的傢伙的所有證據送上去，結果今天就被送回來了，他們說：『不是叛亂案，只是個偷罐頭的扒竊案。』」

「我需要個勤務兵。」神父說：「我以前的勤務兵是天下第一的大傻瓜，一天到晚只會哼哼唧唧地禱告。我打發他和先遣營一起上前線了，據說這個營已經被打得落花流水。

「還有，今天我發現到一個傢伙，他居然在聽我講道的時候流淚了。我就需要這樣的勤務兵。他叫帥克，是十六號牢房的。我想知道他犯的是什麼罪，有沒有辦法把他調到我這兒？」

勃爾尼斯在抽屜裡翻找有關帥克的公文，像往常一樣，他什麼也沒找到。

「天知道這些公文怎麼會不見？」他又找了半天，把整個辦公桌都翻遍了，結果還是一無所獲。

「對不起，帥克的資料不見了。」勃爾尼斯向神父歉意地一笑，「我這就把他叫來，如果他的問題不嚴重，我就放了他，把他調去當您的勤務兵。」

神父一走，勃爾尼斯就吩咐要提審帥克。

「帥克，你犯了什麼罪？你是要自己招認，還是等著別人來舉發你？如果你想從輕發落的話，就最好從實招來。」

勃爾尼斯在丟失被告資料的情況下，往往會使出這一個絕招：利用恐嚇使犯人自己坦白。結果證明，他這一招很管用，很多犯人就這樣把自己的罪行全盤托出，毫無保留。

但勃爾尼斯的把戲遇到帥克就失效了。在帥克眼中，勃爾尼斯的恐嚇就如同父母嚇唬孩童的伎倆，完全就是「雷聲大，雨點小」，所以他還是一言不發，沉默得像一座墳墓，但臉上一直掛著和煦的笑容。

「我再提醒你一次，坦白供出吧！這對你有好處，可以讓審訊省點事，你的刑罰也會因此判得輕一些。」

「報告長官，」帥克突然一臉無辜地說道：「我就像是一個被撿回來，然後關在看守所裡的人。」

「這話怎麼說？」

「我給長官講個故事，您就會明白了。我們街上有一個賣炭的，他有個可愛的兩歲男孩。那是個聽話的小孩，向來都是規規矩矩的。有一天，小男孩在大街上和家人走散了，員警撿到了他，就把他帶到警察局裡，後來又把他關了起來。您瞧，這小男孩一點罪也沒有，為什麼被關起來呢？因為他不會說話，不會為自己辯解；即使他會說話，人家問他為什麼被關在這裡，他也不知道該怎麼回答。我正是這種情況，我也是一個被撿回來的人。」

勃爾尼斯對這種說法半信半疑，他目光銳利地打量帥克全身，彷彿要把他看透一樣。但帥克仍是一臉天真爛漫的神情，讓勃爾尼斯實在猜不透。無計可施的他只能氣呼呼地在辦公室裡來回走動，要不是他先前已經答應神父，他現在早就把帥克拉出去槍斃了。

最後，勃爾尼斯在桌旁站定，說：「你聽著，別讓我再碰上你，不然我一定要你好看。」他把看守所長斯拉威克叫來，「把他帶回去，明天一早把他送到奧托．卡茨先生那裡，聽候他的安排。」

第二天早上八點鐘，帥克就被兩名士兵押送著離開十六號牢房。

當他經過走廊的時候，獄友們都透過門縫同情地看著他離去。帥克離開後就再也沒回去，其他穿內衣和內褲的獄友們，不知道他發生了什麼事，胡亂作出種種猜測。一個滿臉雀斑、想像力豐富的獄友說：「說不定是帥克用槍打死了看守人員，那天他一定是被押去刑場，執行槍決。」

第八章　帥克當上神父的勤務兵

轉眼之間，帥克當上神父的勤務兵已經整整三天了。帥克很享受他的新生活，因為神父常常整天都不見人影，自然沒派給帥克什麼工作。第三天晚上，帥克接到他的第一個任務，一個從海爾米奇中尉那裡來的勤務兵，通知他去接回神父。

這個勤務兵說，神父和中尉都喝得酩酊大醉，本來相談甚歡的兩人，不知為了什麼事情，竟然發生口角。結果越吵越厲害，最後還動起手來，把旁邊的一架鋼琴也砸壞了。現在兩人都醉得不省人事，神父坐在路邊就睡著了。

當帥克趕到現場的時候，神父睡得正熟。帥克把神父搖醒，並且向他敬禮，說道：「報告長官，我來啦！」

「你來做什麼？」神父迷迷糊糊地問。

「報告長官，我是來接您的。」

BAR

「接我？我們要到哪裡去呀？」

「長官，回您的家去。」

「我幹嘛要回家？我不是已經在家了嗎？」

「報告長官，您現在正坐在別人家門口。」

「可是……我……怎麼會在這裡？」

「報告長官，您是來串門子的。」

「我沒……沒……沒串門子，你肯定……弄……弄錯了！」

帥克把神父扶起來，攙著他靠牆站住，神父站起來之後又打起瞌睡來。

「**醒醒！醒醒！**」帥克拍了拍神父的臉。

「幹嘛呀？」神父努力睜開雙眼，「你到底是什麼人？」

「報告長官，」帥克一邊回答，一邊扶住東倒西歪的神父說道：「我是您的勤務兵。」

「我沒有勤務兵，」神父吃力地說：「我不認識你！」

帥克不打算和神父繼續胡攪蠻纏下去，他決定來硬的。他強拖著神父出門，神父卻抓住門把不放，兩人糾纏了一陣子。

「**放手！**」帥克說：「不然的話，我就痛扁你一頓。我們現在就回家去！」

神父終於放開了門把，帥克把他拉到街上，沿著人行道回家。神父的頭往前垂著，兩隻腳拖在後面，就像一隻折斷腰的貓那樣搖擺著。

「這個人是你什麼人呀？」街上一個看熱鬧的人問道。

「是我的哥哥。」帥克回答道：「他趁休假的機會來看我，一時太高興就喝醉了，因為他原本以為我已經死了。」

神父聽到最後幾個字，就站直了身體，朝路人說：「你們中間誰要是死了，限三天內向軍團指揮部報告，我才能給你們的遺體撒聖水。」

帥克找了一輛馬車，在馬車夫的幫忙下，把神父塞進車廂。馬車跑了起來，一路的顛簸把神父給震醒了，他坐起身，朝帥克擠眉弄眼地問道：「親愛的夫人，您今天好嗎？」停了一下，又問：「今年您到哪裡去避暑呀？」他顯然看

不清眼前的事物，因為隨後他又說：「哦？原來您還有這麼大的一個兒子呀！」他指著帥克說。

「坐下！」當神父想爬到車夫座位上去時，帥克嚷道：「不然我就會教你怎麼守規矩，我說話算話。」

神父馬上安靜下來，但不久他就開始跟一個假想的對手吵起架來，那人在一家餐館和他爭靠近窗戶的座位；隨後他又把馬車當成火車，向外探出身體，一會兒用捷克語、一會兒用德語自言自語道：「到站了，都下車。」帥克只能把他拉回來；接著，神父又忘記了坐火車的事，開始模仿起農場裡的各種聲音，公雞、母雞、牛、羊等叫聲都叫了一遍；又有一陣子，他突然變得生龍活虎起來，一心想跳出馬車，並且朝馬車旁邊走過的行人謾罵著；在那之後，他又從馬車裡丟出他的手帕，叫馬車夫停車，因為他的行李掉了。

每當神父意圖跳出馬車時，帥克就毫不留情地朝他的肋骨揍上幾拳，逼迫他安分一點。神父也不生氣，仍然笑嘻嘻地繼續胡鬧。

忽然，神父被勾起一陣愁思，哭了起來。他淚眼汪汪地問帥克是否有媽媽，「我呢，朋友，我在這世界上是孤身一人，你就可憐可憐我吧！」他在馬車裡嘶喊著。

「**別囉嗦！**」帥克說：「給我閉嘴！不然大家都會說你喝醉了。」

「夥計，我沒喝醉呀！」神父說：「我清醒得像一位法官。」他站起身來，敬了個禮，說：「報告長官，我喝醉了！」他嘻嘻笑了起來，又用德語說：「我是一隻骯髒的狗。」然後他轉過頭來，對帥克不停地央求說：「把我從馬車裡推出去吧！你為什麼要帶我走？」他又坐下來，嘀咕著：「你相信靈魂不朽嗎？你相信馬也能上天堂嗎？」他開始大笑起來，但是過了一會兒，他又覺得掃興了。他百無聊賴地望著帥克說：「哦？對不起，我們好像在哪見過。你到過維也納嗎？我記得你好像是從神學院來的。」接著他又懇求說：「嗨！老夥計，你朝我打一巴掌吧！」

「你要一巴掌還是幾巴掌？」帥克問道。

「兩巴掌。」

「好吧！那我要打了喔！」

神父挨打的時候還大聲數著，一副興高采烈的樣子，「舒服極了！這有助於消化，你再繼續賞我幾巴掌吧！」

帥克馬上照他的意思做了。

「**多謝！**」神父喊道：「現在我真的心滿意足了。喂！撕了我的衣服吧！麻煩你。」

神父提出了各式各樣離奇古怪的要求。他要帥克把他的腳踝骨給弄脫臼、悶住他的臉、剪他的指甲、拔他的門牙。「我想要一些什麼，」神父嚷道：「可是卻又不知道到底想要什麼。你知道我要什麼嗎？」說完，他的頭又不由自主地垂下來。

突然，神父又變得凶猛起來，竭力想把帥克從座位上推下去。等到帥克用他體力上的優勢把神父制伏之後，神父又問道：「今天是星期一、還是星期五？」他還急著想知道現在是十二月還是六月。神父的話也越來越多：他說他買的馬靴、鞭子和馬鞍到今天都還沒付錢；又說幾年前他得過一種病，後來是用石榴治好的。說著、說著他突然詩興大發，開始大聲朗誦起詩歌來。

馬車終於到達目的地，帥克使出渾身解數才把神父從馬車上拖下來。他的兩條腿被座位絆住了，帥克硬把他拉下車來，神父像是要被扯成兩半了。「我們還沒到呀！」他嚷道：「**救命啊！救命啊！我被他們綁票啦！**不，我還要繼續往前走！」

神父還拒絕付錢。「你們想坑我！」他說：「我們明明一路都是用走的。」

帥克足足花了十五分鐘的時間，向他解釋馬車是用坐的，於是神父又慷慨起來，把錢包丟給馬車夫說：「好，全拿去吧！多一個銅板、少一個銅板我都不在乎。」

但他的錢包裡只有三十六枚銅板，根本不夠付馬車費。馬車夫把神父全身都搜了一遍，一面威脅要打他的耳光。

「好，你打吧！」神父傲慢地說：「你以為我不行嗎？五下耳光我還是承受得起的。」

馬車夫無奈的走了，抱怨自己實在倒楣，神父耽誤他的時間，還少給他錢。回到家裡，神父又玩了很多新的花樣：彈鋼琴、跳舞、炸魚吃等，把帥克折騰得團團轉。最後，筋疲力盡的神父終於睡著了。

神父一覺睡到第二天中午，醒來後的他，把自己昨天的荒唐舉動忘得一乾二淨。不過他隱約記得是帥克把他帶回來的，因此對帥克的盡忠職守表示由衷的感激。

白天的神父如往常一樣鎮定，友善地和人打招呼，口若懸河地講道，從他文質彬彬的樣子，根本看不出半點滑稽醉鬼的影子。但好景不長，第三天晚上，神父又去找人喝酒，結果又喝過了頭，前兩天的鬧劇再度上演。

日子就在神父一會兒清醒、一會兒胡鬧中過去。帥克也習慣應付這種場面了，他白天跟著神父去講道，規規矩矩地站在一旁伺候著；晚上陪著神父去喝酒，軟硬兼施地把喝醉的神父拉回家裡。對剛從監獄出來的帥克來說，這樣的生活已經很不錯了，至少不用再挨餓和挨打。

第九章　帥克換了主人

可是殘酷的命運很快就把他跟神父的友情割斷了。神父把帥克賣給了盧卡施中尉，更準確的說，神父把帥克當成賭注輸掉了。

事情發生得很突然。

神父去盧卡施中尉家作客，玩起了撲克牌。神父卻一直輸，最後他說：「拿我的勤務兵做抵押，你可以借給我多少錢？他很能幹，我敢打賭你再也找不到比他更好的勤務兵了。」

「那我借給你一百克郎，」盧卡施中尉說：「如果錢到後天還還不出來，你那勤務兵可就歸我了。我現在的勤務兵糟透啦！整天唉聲嘆氣。」

「那就這麼一言為定了。」神父不以為意地說：「後天若我還不了一百克郎，帥克就歸你！」

結果神父連這一百克郎也輸掉了。

神父內疚地起身回家，深知自己絕不可能在規定的期限內，湊足那一百克郎，因為他喝酒賭錢，早就把家裡的錢花光了。

「這件事是我做得不對，」他一面思索著，一面拉響門鈴，「我該怎麼面對忠心耿耿的帥克呀！」

「親愛的帥克，」他走進門說：「發生了一件很糟糕的事。我的牌運差到了極點，把身上所有的錢都輸光了。」

他遲疑了一下，接著說：「最後，我把你也輸掉了。我拿你當作抵押，借了一百克郎。如果後天我還不出來，你就不再是我的勤務兵，而是盧卡施中尉的啦！我很後悔……」

「我有一百克郎可以借給您。」帥克說。這是帥克最近幾個月辛勤工作的全部酬勞，他一直捨不得用，但現在為了繼續當神父的勤務兵，他毫不猶豫地拿了出來。

「**快拿來！**」神父立刻精神抖擻起來，「我馬上就拿去給盧卡施，我真不

願意失去你這個勤務兵。」

再見到盧卡施的時候，神父卻臨時改變主意，決定拿這筆錢再賭一把，把先前輸的錢全部贏回來。

他們又玩起撲克牌，剛開始神父小贏了幾把，讓他情緒高漲，賭注也越下越大。

結果幸運之神又轉向盧卡施，使得神父不僅輸掉了剛剛贏來的小錢，還把帥克交給他的那一百克郎的贖身費也輸掉了。

神父又一次垂頭喪氣地踏上歸途。他認定這件事再也沒有轉圜的餘地了，帥克註定得去當盧卡施中尉的勤務兵。

「帥克，沒辦法了。」神父回到家，沉重地對帥克說：「沒有人可以違背自己的命運。我把你和

你的一百克郎全輸了。我盡了最大的努力，但是人算不如天算，命運把你送到盧卡施中尉的魔掌裡，我們分別的時候到了。」

「沒關係。」帥克安慰他：「我們緣盡於此，這也是沒有辦法的事。」這時帥克的樂觀天性又顯現出來了。

儘管帥克很享受目前的生活，但也不是完全排斥改變。他對自己適應新生活的能力很有信心。

後悔不已的神父晚上又喝得酩酊大醉，在上床睡覺前，他哭了起來，「夥計，我出賣了你。你狠狠罵我一頓，揍我幾下吧！都是我活該。你捶我、咬我、打我吧！這樣我心裡會好受一點。」

「我是個十足的壞蛋！」在最後這句懺悔中，神父進入了夢鄉。第二天清晨，在他醒來之前，帥克已經收拾好行李，離開了神父家，自己前往盧卡施中尉那裡報到。

八點鐘，當盧卡施中尉開門的時候，就看到帥克那張坦率、誠實的臉龐，並聽他簡潔明瞭的自我介紹道：「報告長官，我就是神父玩紙牌賭輸給您的那個帥克。」

第十章 帥克開始了新工作

金德立奇．盧卡施中尉是風雨飄搖的奧地利帝國，現役軍官中的一個典型人物。軍官學校將他培養得像一種兩棲動物：在公開場合他講德語、寫德文，閱讀的卻是捷克文書籍。他會向陌生人介紹自己是捷克人，卻希望對方保密，不要把自己的國籍宣傳出去。事實上，這是當時很多捷克中上層人士的普遍做法，他們一方面想保留自己的民族性，另一方面，又想擺脫這個身分，去靠近和迎合奧匈帝國的統治者。

盧卡施中尉為人和善，從不大聲地嚇唬人。他很照顧自己的連隊，總是為士兵們爭取福利，有時還從自己微薄的薪水中，抽出一點錢買啤酒給士兵喝。儘管他對部下和藹可親，他卻十分厭惡自己的勤務兵。這也不能完全怪罪於盧卡施中尉，因為他的勤務兵的確是糟糕透頂。盧卡施用盡了一切勸說和懲戒的手段，仍然無法教好他們。這麼多年來，他的勤務兵換來換去，從沒停過，但

情況仍沒有改善。最後，每當一個新的勤務兵來報到的時候，他就會嘆氣，說：「又給我派來一個蠢材。」

帥克向盧卡施中尉報到以後，中尉就把他領到房間裡說：「卡茨先生向我推薦了你，希望你的行為舉止符合他的推薦。我換過很多勤務兵，可是沒有一個可以待得長久。醜話說在前頭，我很嚴格，對任何卑鄙和撒謊行為都會嚴加懲罰。所以你要對我說真話，毫無怨言地執行我的一切命令，聽清楚沒有？」

「**報告長官，聽清楚了！**一個人最糟糕的就是撒謊。若是誰說話自相矛盾，那他就完蛋啦！我想最好就是有一說一、有二說二，該承認的就全部承認。誠實是一種美德，一個誠實的人會受到所有人的尊敬。他也會喜歡自己，還會感覺自己像剛出生的嬰兒般純潔，每天上床睡覺時，他都可以自豪地告訴自己：『喔！今天我又誠實地過了一天。』」

帥克絮絮叨叨地講了一大堆廢話，中尉想要罵他，可是看到他臉上那副天真的表情，就只好說：「現在你做我的勤務兵，靴子就要擦得乾乾淨淨，軍服要弄得整整齊齊，鈕扣全都要扣好。總而言之，你的外表要體面，要像個軍人，我不能讓你馬馬虎虎地像個鄉巴佬。」

接下來，他向帥克交代了他要做的一切工作，又再次強調了誠實可靠的重要性，還特別提醒帥克要用心照顧他的寵物。盧卡施中尉很喜歡動物，他養了一隻名貴的哈爾茲金絲雀、一隻波斯貓和一隻看馬的狗。把牠們伺候好是勤務兵的基本職責，他會隨時檢查帥克的工作品質。

「我今天值班，會很晚回來。」盧卡施中尉最後說：「你好好看家，把屋子收拾乾淨。以前那個勤務兵懶得不像話，所以被我送到前線去了。」

「放心吧！」帥克面帶微笑地送主人出門。

第一天上班的帥克兢兢業業，他從早忙到晚，把一切都收拾妥當。等盧卡施中尉晚上回來的時候，帥克第一時間彙報說：「報告長官，一切都收拾好了，只是出了一點小差錯：貓咪調皮，把您的金絲雀給吃掉啦！」

「這是怎麼回事？」中尉大聲咆哮道。

「報告長官，事情是這樣的。我知道貓不喜歡金絲雀，只要一有機會就欺負牠。我想最好讓牠們彼此熟識。要是那貓露出一點點不老實的樣子，我就狠狠地揍牠一頓，讓牠到死也不會忘記——金絲雀出來的時候，牠應該要規規矩矩的。」

盧卡施中尉的眉頭皺了起來，不明白為什麼會有人想出這麼笨的點子。但帥克毫無察覺，開始述說他的故事：「我們那裡有個賣帽子的人，他把貓訓練到這樣的程度：那隻貓以前吃掉過三隻金絲雀，現在卻連一隻也不吃，金絲雀還能坐到牠的身上。我也想這樣試試，所以我把金絲雀從籠子裡放出來，讓貓用鼻子聞牠。可是我還沒反應過來，那可惡的畜生就已經把金絲雀給吃了！我真沒想到牠會來這招。中尉先生，這如果是一隻普通的麻雀，那也就算了，可這是一隻漂亮的金絲雀，而且還是名貴的哈爾茲金絲雀呢！您一定想不到這隻貓有多貪吃，牠連羽毛都吞下去了，邊吃邊咕嚕地叫著，簡直開心極了！我把這隻貓狠狠罵了一頓，可是我向上帝發誓，我沒碰牠一根寒毛。正等著您回來做判決，這隻討厭的畜生該受什麼懲罰？」

帥克一邊說，一邊傻傻地望著中尉。本來想要狠狠揍他一頓的中尉，這時倒心軟了，只是諷刺他一句：「難道你真的是宇宙無敵大白痴嗎？」

「報告長官，」帥克嚴肅地回答：「沒錯，我從小就有這毛病，每當我想要認真地把一件事做好，最後總是會出問題，弄得自己和大家都不高興。我只是想教牠們彼此熟識、互相了解，可是貓卻一口把金絲雀吞下去，一切都搞砸了，可這怪不得我。不過只要長官您同意，我一定會好好教訓那畜生……」

帥克帶著最無辜的笑容，向中尉說起對付貓的辦法。帥克一一說出所有惡毒的招數，動物保護協會的人聽見一定會氣到暈過去。帥克表現得如此了解，讓盧卡施中尉忘了生氣，他追問道：「你會管理動物？你真的喜歡牠們嗎？」

「說起來，長官，」帥克說：「我最喜歡的是狗，我以前就是賣狗的，那是個很不錯的工作，既能幫狗找到溫暖的家，也讓愛狗人士的愛心找到歸宿，一舉兩得。我現在還是很懷念過去的時光。不是我在吹牛，我對狗可在行了，是不是純種的狗、脾氣怎麼樣，我一眼就能看出來！」

看到中尉興趣濃厚的樣子，帥克繼續發表：「狗不像太太們能自己染頭髮，所以總是賣狗的人幫忙染。要是一隻狗老得毛都灰了，而您想把牠當做一隻剛滿周歲的幼犬賣，那就買點硝酸銀、砸碎了、用水化開、然後用它將狗染得黑油油的，就能像剛生出來似的。您要是想讓牠精力旺盛，就在賣牠之前，先給牠灌點白蘭地，讓牠有點醉意。不一會兒牠就會活蹦亂跳、汪汪亂叫，要多活潑就有多活潑，像喝醉酒的人一樣，見了誰都很熱情……」

「我自己也很喜歡狗，」中尉說：「我的一些朋友，上前線還帶著狗呢！他們寫信告訴我說，在戰壕裡，有一隻忠實的狗在身邊作伴，生活就愉快多了。看來你對狗挺了解的，我如果再養一隻狗，你可要好好照顧牠。你覺得哪種狗最好？我養過一隻獵狐犬，可是我不知道牠跟我合不合……」

「長官，獵狐犬不錯。不過不是所有的人都喜歡這種狗，因為長得有點難看、毛硬、好動。但牠很機靈……」

中尉看看錶，打斷帥克滔滔不絕的話，「喔！時間不早了，我該去睡了。明天我又要值班，你可以有整天時間出去找獵狐犬。」

「等等，長官，我該怎麼對付那隻貓呢？」

「三天禁閉。」中尉說完便直接上床睡覺去了。

得到命令的帥克連夜執行指示。他翻遍家中，從沙發底下把那隻搗蛋的貓拖出來，惡狠狠地對牠說：「關你三天禁閉，這期間你哪裡也不准去！」那隻波斯貓頭也不抬，等帥克放手後，就又爬回沙發底下去睡覺了。對牠來說，這個懲罰形同虛設，因為牠平時也是待在家裡，哪兒都不去。

第十一章　帥克重操舊業

第二天，帥克就出門替主人尋找純種的獵狐犬了。他找到了以前的搭檔布拉涅克。布拉涅克是個偷狗高手，整個布拉格城裡和近郊的狗，他每一隻都認得，而且他有一個原則：非純種的不偷。布拉涅克向帥克提供了一個好目標：這是一隻純種狗，每天上午八點鐘，牠主人家的女僕，會帶著牠在哈弗立斯克廣場的公園裡散步。不過這隻狗的脾氣不好，有陌生人靠近就會撲過去咬，因此不容易下手。想抓住牠最好的辦法，就是掌握牠的喜好，引誘牠自投羅網。但讓布拉涅克頭痛的是，這隻狗很挑剔，普通狗愛吃的香腸牠碰都不碰，所以要先找出牠最愛的食物。

這個偵察任務自然落到了帥克的身上。隔天早上七點鐘，帥克就在哈弗立斯克廣場的公園等著。他的努力沒有白費，八點整，一個年輕女僕牽著一隻小獵狐犬走過來。那隻狗的毛色極富光澤，一雙藍黑色的眼睛靈氣十足，圍著女

僕跳來跳去。

帥克上前和女僕搭訕：「小姐，對不起，請問吉斯可夫要怎麼去？」

帥克臉上的愉快表情和溫柔的語氣，贏得了女僕的好感，她停下來給他指示往吉斯可夫的路。

「我剛調到布拉格，」帥克說：「我不是本地人，是從鄉下來的，你也不是布拉格人吧？」

「我是沃德南尼人。」

「那我們的家鄉離得不遠呀！」帥克回答說：「我是普洛提溫人，說起來我們也算是同鄉。」帥克以前在普洛提溫當過兵，對那地區的風土民情比較熟悉，他故意把自己的故鄉改了地方，拉近他和女僕之間的距離。

「那你認識在普洛提溫市集廣場裡面，賣肉的裴查爾嗎？」女僕問道。

「那還用說！他是我的哥哥，左鄰右舍都喜歡他。」帥克說：「他人不壞、又肯幫大家的忙、賣的肉新鮮、分量也夠。」

「我就是他的老主顧！」女僕興奮地叫道：「在這裡遇見同鄉，真是巧！」

「是啊！」帥克回答。這時，那隻小獵狐犬湊了上來，一直抓扯帥克的褲管，不斷往他身上跳。

「不准調皮！」女僕輕聲訓斥，並連聲向帥克道歉。

「沒關係，」帥克彎下腰摸摸小狗的頭，「這隻狗真漂亮！是你的狗嗎？」

「我在上校家裡幫傭，這是他的狗。」

「我也很喜歡狗，可惜我伺候的中尉討厭狗，真是可惜！」帥克忍不住長嘆一聲。「這麼名貴的小狗，吃東西一定很講究吧！」帥克又關切地問道。

「是呀！我們福克斯非常挑食，有一陣子牠連肉都不肯吃。」

「那牠最喜歡吃什麼呢？」

「肝，煮熟的肝。」

「是牛肝還是豬肝？」

「牠不會在意這些的。」女僕微笑著說。

他們一起散步了一會兒，帥克就很有禮貌地道別了。看得出來，女僕有些捨不得，在外地難得遇見如此氣味相投的同鄉，她怎麼也沒想到，帥克其實是在打這隻狗的主意。

帥克馬上通知了布拉涅克，那隻狗最愛的食物是煮熟的肝。布拉涅克拍拍胸脯，表示這事就包在他的身上。

布拉涅克沒有食言。當天下午，帥克剛整理完屋子，就聽到門口有狗吠的聲音。一打開門，布拉涅克便拉著那隻小獵狐犬進來了。那隻狗全身的毛豎立著，齜牙咧嘴、嗥嗥低吼，彷彿要把人撕裂一般。

「抓這隻狗真是費了我一番功夫！」布拉涅克把狗拴在廚房桌上，就開始講起他抓狗的經過。

「我帶了一包煮熟的牛肝，用紙包著。那香味把狗給引來了。牠跑得真快，轉眼間就把牽牠的女僕給甩

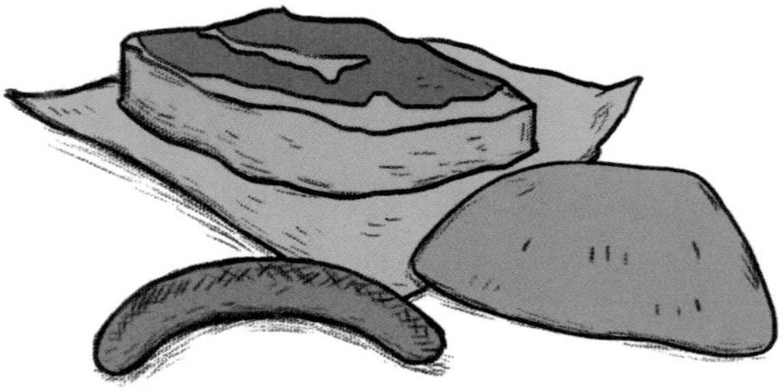

開了。我走到公園出口，餵了牠第一塊肝，牠狼吞虎嚥地吃下去，之後還追著我不放。我走進金德里斯卡街，在那裡，我又餵了牠一塊，等牠吃下之後，我就給牠套上繩子，牽著牠穿過瓦斯拉沃廣場，到了溫諾哈拉地，然後又來到沃爾索維斯。我轉了一大圈，確定女僕再也找不到牠，才把牠帶到你這來。」

帥克向他的老搭檔表示誠摯的謝意。他找出一張空白的血統證明書，在上面填上：姓名——麥克斯（和原名福克斯相似，而又有區別）；年齡——十八個月（根據牠的牙齒來估算的）；出生地——萊比錫的封．畢羅狗場；父親——阿爾尼姆．封．卡勒斯堡，於一九一二年，在柏林獵狐犬的展覽會上得過第一名；母親——愛瑪．封．特勞頓斯朵爾夫，曾得過紐倫堡純種狗協會的金牌。帥克編造起這些資訊是駕輕就熟，沒幾分鐘就全部搞定了。

相對來說，還是那隻狗比較難對付。自從被拐來之後，牠就一直凶悍地咆哮、吠叫，不停扭動著，直到筋疲力盡，牠才趴在地上休息。帥克把布拉涅克留下的牛肝都給牠吃，但是牠連碰都不碰一下，只是聽天由命地躺在那裡。但

饑餓最終還是讓牠屈服了，牠在桌子旁坐下來，把剩下的牛肝吃完，然後用後腿站起來，用前腳向帥克鞠躬，彷彿對他說：「事情就是這樣，我屈服了。」帥克把牠抱到壁爐旁邊，小狗就在暖烘烘的爐火邊睡著了。帥克十分厚待這位新來的朋友，趁牠熟睡的時候，又去肉店買了半磅牛肝，煮好了，等牠醒來之後，就可以好好地犒勞牠一頓。帥克還把麥克斯抱在膝上，疼愛地梳梳牠的毛，搔搔牠的肚皮。他們兩個相處得非常融洽，等到黃昏，中尉從軍營裡回來的時候，帥克跟麥克斯已經成為莫逆之交了。

帥克辦事效率如此之高，令盧卡施中尉十分驚訝。他愉快地詢問狗是從哪裡找來的，花了多少錢，帥克泰然自若地回答說，是一個剛剛應徵入伍的朋友送他的。

「好極了！帥克，」中尉一面說，還一面逗著麥克斯：「我要獎賞你五十克郎。」

「長官，這我可不能收。」

「帥克，」中尉正顏厲色地說：「我已經跟你說過了，你必須聽我的吩咐。我說給你五十克郎，那你就得收下，拿去好好地痛飲一番。」

「報告長官，我會照您的命令去痛飲一番的！」

「你先給狗洗個澡，把牠的毛梳一梳。明天還是我值班，後天我就帶牠出去逛逛。」

當帥克給麥克斯洗澡的時候，狗的原主人——克勞斯上校正在大發雷霆，說要是抓到偷狗的人，一定要送他到軍事法庭，把他槍斃、絞死、關二十年、剁成肉醬！

「那個壞蛋要是被我抓住，我非宰了他不可！」上校咆哮得連窗戶都震動起來了。一場災禍正要降臨在帥克和盧卡施中尉的頭上。

第十二章　大難臨頭

盧卡施中尉壓根沒意識到自己已經大難臨頭了。一到休息時間，他就帶著麥克斯出去散步。麥克斯開心得不得了，牠一路飛奔，總想跑到遠處去。盧卡施牢記帥克的囑咐，緊緊抓著遛狗繩，絲毫不讓牠跑遠。

快到潘斯卡街的時候，盧卡施中尉聽到前面傳來一聲大喝：「**站住！**」，中尉還沒反應過來，那狗就一邊快樂地吠著，一邊朝那個大喊「站住！」的人身上撲去。

站在中尉面前的正是克勞斯·馮·齊勒古特上校。中尉敬禮，向上校道歉，說自己一時疏忽，沒早一點發現他。

「下級軍官見了上級要立刻敬禮，」克勞斯上校大聲訓斥他說：「這個規矩你要隨時謹記。還有，是什麼時候開始，軍官們養成帶著偷來的狗滿街散步的壞習慣？」

盧卡施中尉聽不懂上校說的話，他一頭霧水地望著克勞斯上校。

「帶著別人的狗，還敢堂而皇之在街上散步，先生，你的膽子還真不小！」上校嘲諷地說道。

「長官，這條狗……」

「是我的，先生。」上校直接打斷他的話，「這是我的狗福克斯。」這隻別名麥克斯的福克斯找到牠的舊主人之後，就完全不理新主人了。牠在上校的腳上蹭來蹭去，撒嬌地望著失而復得的主人。

「我不知道……」中尉試著辯解。

「**不許裝傻！**」上校一面摸著福克斯，一面繼續咆哮著：「你沒看見

我在《波希米亞報》和《布拉格日報》上登的，尋找我的獵狐犬的啟事嗎？你竟然不讀你的長官登的啟事？」上校生氣地拍了一下手，「現在的年輕軍官，怎麼一點紀律意識都沒有？上級登出啟事，下屬都不去讀它！」

中尉的額頭開始冒汗，兩腿發顫。福克斯這時竟齜牙咧嘴起來，向中尉憤憤地叫著，彷彿在對上校說：「**狠狠地辦他！**」

「狗仗人勢！」中尉心中暗罵。

「這個時候，在前方的戰場上，每天都有成千上萬的軍官陣亡，他們為國英勇捐軀。而你呢，在後方閒逛，帶著偷來的狗散步，過著逍遙的日子，尤其這狗還是從你的上級那兒偷的。我看你也應該上戰場去鍛鍊一下，把你的惡習都改掉！」上校說完，牽著福克斯轉頭就走。

盧卡施中尉被上司訓斥了一頓，還要被發配到前線去，而這一切都是帥克的錯，「這個惡徒，虧我還賞錢給他，我一定要把他碎屍萬段，才能解我心頭之恨！」他怒氣沖沖地直接奔回家。「我一定要那個混蛋的命！我說到做到！」

中尉一邊走，一邊咬牙切齒地說道。

中尉回到家，就叫帥克到房間裡。他坐在椅子上怒視著帥克，腦袋裡想著要怎麼開始這場酷刑。「我要先打他兩巴掌，」他思索著，「然後揍他的鼻子、扭他的耳朵、最後痛打他四十大板，這樣還不夠……」

帥克仍然一副溫厚坦率的表情，他向中尉報告今天的工作情況：「報告長官，您的貓也完了，牠偷吃了一盒鞋油，結果就翹辮子啦！我把牠丟到門外的垃圾堆裡去了。唉！很難再找到這麼漂亮的波斯貓了！」

盧卡施中尉氣呼呼地跳了起來，他在帥克的臉旁不斷揮動著拳頭，喊道：

「**帥克，那狗是你偷的，對不對？**」

「報告長官，完全沒有這回事。您今天下午牽著麥克斯去散步，回來時卻沒有牽著牠，我馬上想到是不是出什麼事了。我以前常去的那間麵包店的老闆，就從來不敢帶狗出門散步，免得牠走失。他總是把狗放在店裡，但還是會被人偷走、或是被人借去卻沒還……」

「閉嘴！別再演戲了！老實告訴我，你是在哪找到這隻狗、又是怎麼把牠弄來的？這是我上司的狗！我們剛剛碰巧遇到，他把狗帶走了，你知不知道？這真是天底下最丟臉的一件事！快說實話，狗是不是你偷的？」

「報告長官，狗確實是偷來的。」東窗事發迫使帥克說出了實話。

「你這頭笨驢，我要把你拖去槍斃！你為什麼要帶給我一隻偷來的狗？」

帥克平靜、溫和地凝視著中尉，說：「長官，我是為了要討您的歡喜。」

「天哪！我到底造了什麼孽，讓你這個可惡的混蛋來懲罰我啊？」中尉頹廢地癱坐在椅子上，他氣得連打帥克的力氣都沒了。他點了一根菸，翻開當天的《波希米亞報》，看到了用加大字體刊登的上校的尋狗啟事。

帥克也看到了報紙的內容，「長官，上校把他的那隻狗描述得太神氣了，明顯有誇張的成分。你看，他還出一百克郎，賞給找到狗的人呢！」

中尉疲憊地揮了揮手，示意帥克離開。這一天發生太多變故，他的腦袋裡現在一片混亂，只想躺下來睡覺。睡著的中尉，夢見帥克帶給他一匹從皇太子那裡偷來的馬，有一次舉行閱兵典禮，他騎著那匹馬走在隊伍的前列，高臺上的皇太子認出他的馬，大喊一聲：「抓住他！」

中尉嚇得驚醒過來，他惶恐地朝四周張望，正好看見帥克出現在門口。「報告長官，軍營派人來通知您，您得馬上到上校那裡去報到。」他很體貼地補充了一句：「也許跟那隻狗有關係。」

「我知道了。」中尉垂頭喪氣地走了，出門前又狠狠地瞪了帥克一眼。

中尉到了軍營，上校正怒氣沖沖地坐在椅子上。「你把我的狗給害慘了，牠現在什麼東西也不肯吃。」偷狗的事情讓上校耿耿於懷，「我想了很久，要怎樣給你一個教訓，讓你以後不敢再犯同樣的錯誤。」

上校繼續說道：「最高指揮官最近通知我，第九十一軍團缺少軍官，因為原有的軍官大都被塞爾維亞人給打死了。我現在把你調過去，三天之內你必須到

駐布迪尤維斯的第九十一軍團去報到，那裡正在編組先遣營……」

說到這，上校突然不知該說些什麼，他看看錶，說：「十點半，我該去開會了。」

他們的談話結束，中尉走出辦公室，大大鬆了一口氣。他早就預料到會有這樣的結果，所以並沒有受到多大的打擊。他先到自己現在任職的營區，告訴同事們他這一、兩天之內就要上前線了，然後返回家裡。

「帥克，你知道什麼是先遣營嗎？」中尉有氣無力地問道。

「報告長官，先遣營就是派到前線去的營。誰要是被派去先遣營，就表示他被派到前線去啦！」

「沒錯，帥克，」中尉沉重地說：「我現在告訴你，你和我一起被派去前線了。你聽了高興嗎？」

「報告長官，我再高興不過了！」帥克答道：「要是我們一起為了效忠皇帝和奧地利皇室而戰死沙場，那可真是一件壯舉啊！」

第十三章　帥克在火車上闖的禍

布拉格開往布迪尤維斯的特快車二等車廂裡，有三位旅客：盧卡施中尉、坐在他對面的一位老先生和帥克。由於帥克的疏忽，一上車就弄丟了一個重要的行李箱，把盧卡施氣得火冒三丈，一路上不停地咒罵帥克。除此之外，帥克甚至激怒了同車廂的老先生。老先生是個安靜的旅伴，上車之後就安靜地看著《新自由報》。大家本來相安無事，但帥克突然對老先生光禿禿的腦袋產生極大的興趣。他先是看了半天，然後指指點點起來，猜測老先生掉頭髮是因為教養孩子的時候，精神受了刺激，還說禿頭的人，心地一般都比較惡毒。帥克無理的奚落自然惹怒了老先生，而老先生恰好又是微服私訪的陸軍少將──封．史瓦茲堡。他不僅把帥克趕出車廂，還把氣出到盧卡施中尉的身上，斥責他管教下屬不力，是個毫無能力的軍官，發誓一定要讓他在前線吃點苦頭。

盧卡施唯唯諾諾地應付著上司時，離開車廂的帥克卻像放出籠子的鳥，又

開始活蹦亂跳了。他在列車的走道上來回走動，不時和其他人打招呼，還在列車管理員的座位上坐下，跟一個鐵路職員攀談：「我有個問題想問問你。」鐵路職員顯然不太想聊天，他無精打采地點點頭。

「有一個叫霍夫曼的人常到我家作客，」帥克說：「他一口咬定說，火車上的煞車裝置向來不靈光，即使拉了煞車把手也不管用。我一直覺得他說話有些偏激，因此我一看見這裡的煞車裝置，就很想知道煞車把手究竟靈不靈？」

聽到有人這麼污蔑鐵路設備的靈敏性，鐵路職員覺得有義務要澄清一下，「誰說煞車裝置不靈，那些全是胡說八道。只要扳動這個把手，火車一定會停。因為煞車器是通過列車所有車廂，與車頭相連接的，百分之百管用。」

「真的嗎？」帥克眨著小眼睛，一副半信半疑的樣子。鐵路職員認為應該用事實說服帥克，就帶著他走到煞車器前，上面寫著：「危險時使用」。

「只要扳動這個把手，火車就會停了。」鐵路職員解釋說。

接下來，帥克和鐵路職員不約而同地把手放在煞車器的操作杆上，然後不由自主地把操作杆扳下來，火車隨即停了下來。

列車管理員發現了這個狀況，跑來質問事情的原因。鐵路職員指著帥克說是他惹的禍，但帥克也不甘示弱，堅持不是自己做的。帥克一再強調他沒有理由要煞車，因為火車誤點對他來講，沒有任何好處，他可是急著要趕到前線去的。「我可不想要火車誤點，」帥克說：「要是在太平的日子，那影響還小，可如今是在打仗啊！誰都曉得，每列火車載的都是軍人，這種時候每誤點一次，都是一件嚴重的禍事。拿破崙在滑鐵盧就因為晚到了五分鐘，結果弄得自己身敗名裂。」

管理員不理睬帥克的辯解，「這件事，我要罰你二十克郎，或是把你帶到塔伯爾車站，交給站長去處理。」

「我身上沒錢。」帥克攤開雙手說：「你可以問問我的主人盧卡施中尉，

看他是不是願意幫我交這筆罰款。」

結果，盧卡施中尉拒絕出這筆冤枉錢。別怪中尉不近人情，實在是因為帥克太會搗蛋了。從帥克擔任他的勤務兵開始，中尉就厄運連連。不僅他心愛的寵物接二連三地死去，連本來在後方過著安穩生活的他，都突然被送上前線，出發時又丟了行李、無緣無故得罪上司，現在他還胡亂地扳了列車煞車，天知道以後還會發生什麼事情。盧卡施中尉已經不想再和帥克結伴同行了，他只想順順利利地到達布迪尤維斯，去軍營報到，接著跟隨一個分遣隊上前線，然後在前線陣亡，這樣就可以和帥克這個可怕的怪物永別了。

火車到達塔伯爾站，帥克被帶下車。看到帥克離去的背影，盧卡施中尉長吁一口氣。甩掉帥克，讓他感覺卸下壓在胸口的一塊大石頭。火車再次開動，噗噗冒著煙向布迪尤維斯駛去，獨留帥克在月臺上和站長爭辯。

帥克堅持說，操作杆不是他扳的。但沒有人相信他，他被交給處理各類突發軍隊事務的憲兵隊。憲兵隊的上士看到帥克溫和的笑容，善心一發，免除他的罰款。但新的問題發生：當憲兵隊要求查驗帥克的證件時，他才發現自己所有證件，包括乘車證都在中尉手裡，而此刻他已經隨著遠去的列車消失得無影無蹤。這就出現了一個難題：帥克沒有乘車證，不能免費乘坐列車；而他身無分文，買不起一張往布迪尤維斯的車票。憲兵隊更不會為他出這筆額外的車錢，他們想到一個辦法：讓帥克步行前往目的地。他們給了帥克一些麵包和一包軍用煙絲，這在糧食短缺的年代，已經算是很好的待遇了。

於是，一小時後，當夜幕降臨的時候，帥克隻身一人徒步離開塔伯爾。帥克不知道，他本應向南方、朝著布迪尤維斯走，卻走向了正西方，這為他後來的旅程又增添不少難以預見的困難、和不計其數的荒唐事件。在冰天雪地中，帥克一路唱著軍歌，鬥志昂揚地走向新的冒險。

第十四章 帥克被當成了間諜

有句名言叫：「條條大路通羅馬。」同樣，條條大路也通向布迪尤維斯，帥克對這一點深信不疑。因此，當他看到眼前不是布迪尤維斯一帶的村子，他依然堅定地向西走去。

後來，即使有一位好心的老太太指出帥克的方向錯誤，仍無法改變他固執己見的決定。

「我只要朝著這個方向走，一定可以走到布迪尤維斯的。」帥克斬釘截鐵地說：「當然，這段路會很長，但是像我這麼愛國的人，一定可以順利抵達前線的。」

老太太憐憫地望著帥克說道：「你在那矮樹林裡等著，我給你帶點馬鈴薯湯來，讓你暖暖身體。你可不能去我們的村子，那邊的憲兵多得像蒼蠅一樣。」

「我正想要遇到憲兵，讓他們送我到前線去呢！」帥克興奮地叫道。

「噓！」老太太做了個噤聲的手勢，「你穿著軍裝，又不朝前線走，肯定會被當成逃兵，這樣你就會被憲兵抓起來，送回戰場上去。更糟糕的是，你還可能被當成間諜，送到戰俘營。現在戰事越來越緊張，很多俄國間諜都跑到內陸來刺探軍情，憲兵整天東奔西跑，搜尋間諜。像我們這種小村子，憲兵一天也要來查看好幾次！」

帥克在矮樹林裡等了半個多鐘頭，這位善良的老太太才把馬鈴薯湯盛在大碗裡帶過來。她還從一個布包裡拿出一大塊麵包和一塊臘肉，塞到帥克的口袋裡，最後拿出一枚銀幣給帥克，讓他去買點白蘭地暖暖身體，抵禦凜冽的寒風。老太太還小心翼翼地指出在前方的路上，帥克可以躲

避憲兵的村莊。

對於老太太的慷慨解囊，帥克感激不盡。不過對於要躲避憲兵的忠告，帥克就有些不以為然。他深信自己的一片愛國之心，是絕不會被誤解的，因此也不覺得自己會被當成逃兵或是間諜。

休息過後，帥克繼續上路。這時月亮高掛，照得雪地一片銀光。帥克藉著月光前行，他一路上喃喃自語地說：「我早晚會走到布迪尤維斯的。」沒想到，他又走錯了方向。本來應該朝南往布迪尤維斯走，他卻朝北往皮塞克的方向去了。

第二天中午時分，正當他走下一座小山的時候，池塘後面的茅屋裡，突然走出一位憲兵。就像一隻在網子上埋伏、終於等到獵物上鉤的蜘蛛，他馬上走到帥克面前說：「**你要往哪裡去？**」

「往布迪尤維斯，到我的軍隊裡去。」

憲兵譏諷地笑了笑，說：「可是你走的是完全相反的方向，布迪尤維斯在你的後方。」接著就把帥克抓到當地的憲兵小分隊去了。

正如老太太所預料的，憲兵們把帥克當成了間諜。憲兵分隊長非常重視這個案件，決定親自審問。他把帥克從頭到腳搜查一遍，但除了一支菸斗和火柴以外，什麼也沒搜出來。

沒有實質的證據並沒有使他氣餒，他問了帥克一連串的問題：他經過哪些地方？在塔伯爾車站做什麼？和士兵們都聊些什麼話題？是不是在打聽前線部隊有多少人、是什麼編制？

向嫌疑犯連珠炮似地發問，是憲兵分隊長新發明的一種審訊方法，就是為了用一長串的問題來轟炸罪犯，擊潰他們的心理防線，在他們的匆忙回答中，尋找有價值的資訊。

老實的帥克一一回答了這些問題：他沒有打聽什麼，因為他對軍事布署已經銘記在心，至於俄語，他也完全不會。

憲兵分隊長相信了他前半段的話，據此認定他就是個刺探軍情的間諜。至於不會俄語，就是他的狡辯之詞了。得出這個結論後，憲兵分隊長立刻下令，把帥克關起來，明天押送到皮塞克憲兵隊長那裡去。

憲兵分隊長滿面笑容地寫著抓住間諜的報告。他洋洋灑灑地寫了好幾張紙，著重闡述問題的嚴重性。

他在報告書的結尾處寫道：

「該敵方軍官即日起，押交皮塞克憲兵隊長，謹此呈報。」

他為自己取得如此輝煌的戰果感到十分自豪，畢竟抓住一個重要間諜，可不是一件輕而易舉的事情，說不定自己可以靠這個來升官呢！

報告寫好之後，憲兵分隊長又叫人為帥克送去豐盛的午餐。並不是他良心發現，而是他想等帥克吃飽喝足之後，再對他進行一番審問，從中挖出更多有價值的情報來，進一步提升自己的工作成果。

果然，在午餐後，帥克又被帶進審訊室，憲兵分隊長開始了新一輪的盤問。

「怎麼樣？吃得還習慣嗎？」

「還不錯，我很喜歡摻了蘭姆酒的茶。」

「俄國也有蘭姆酒嗎？」

「蘭姆酒全世界都有啊！長官。」

「你別想把我矇騙過去！」憲兵分隊長心裡想。他繼續發問：「你要到布迪尤維斯去做什麼？」

「到第九十一軍團去。」

「你在九十一軍團打算做些什麼？」

「我要上前線。」

憲兵分隊長露出滿意的笑容，他暗地裡想道：「不錯，那是逃回俄國最方便的路。」

他接著問：「明天早上我們要把你帶到皮塞克去，你去過皮塞克嗎？」

「去過。那是一九一〇年的事了，帝國軍隊演習的時候。」

憲兵分隊長聽到這個回話，心裡非常開心。審訊的收穫已經超出他預先的估計了，「演習你是從頭到尾參加的嗎？」

「當然！我是個好士兵，不會半途溜走的。」

憲兵分隊長開心極了。他馬上叫下屬把帥克帶走，自己又把報告修飾一遍，加油添醋地描寫帥克作為間諜是如何的狡猾，得出帥克是個訓練有素的間諜的結論，還分析帥克的目的是藉著上前線的機會，逃回俄國去，最後他還不忘加上這麼一句：**這次一切罪證的獲得，皆歸功於本人獨創的審訊方法。**

看著這份完美無缺的報告，憲兵分隊長心滿意足。他能想像出憲兵隊長表揚他的情形，以及未來自己飛黃騰達的美好前景。

第二天大清早，憲兵分隊長就迫不及待地派了一名最幹練的士兵，押送帥克到皮塞克憲兵隊。按照憲兵分隊長的指示，他們馬不停蹄地趕路，終於在當天晚上到達目的地。

沒想到，人是押送到了，但讓分隊長始料未及的是，對於帥克，憲兵隊長有著完全不同的見解。在他看來，傻頭傻腦的帥克根本不配當間諜，充其量就是一名貪生怕死的逃兵。

「這個分隊長是我見過最愚蠢的大笨蛋！」憲兵隊長咆哮道：「報告裡全是廢話連篇，送來的這傢伙也毫無價值！明天我就把他叫來痛罵一頓，讓他知道上級不是這麼好愚弄的！」

憲兵隊長還關切地詢問了帥克的情況，當他得知帥克在尋找布迪尤維斯的第九十一軍團時，憲兵隊長立即決定要達成他的心願。

隊長派專人護送帥克到了前線，讓他重新找到連隊，並遇見了他的舊主人──盧卡施中尉。

當時的場景很感人：帥克走進警衛室，正逢盧卡施中尉當班，帥克走上前去，尊敬地行禮，大聲喊道：「**報告長官，我歸隊啦！**」

聽到這喊聲，中尉彷彿被電擊一般，先是跳起來，接著就頭朝後癱倒在椅子上昏了過去。當他清醒過來，帥克依然敬著禮，嘴裡不斷地說著：「報告長官，我歸隊啦！」

盧卡施中尉臉色蒼白，雙手顫抖地把關於帥克入隊的公文拿來簽名，不得不正式接收帥克。

重聚的帥克和盧卡施的心情截然不同。帥克對找到盧卡施中尉是欣喜若狂，他溫和地凝視著中尉，彷彿他是他久別重逢的情人一般；盧卡施中尉則是心灰意冷，用一種悲愴絕望的眼神瞪著帥克，心裡想著以後的生活又會遭受怎樣的打擊和不幸。

但不管如何，他們總算是團聚了，今後還將一起接受戰爭的考驗。

第十五章 帥克又闖禍了

冬去春來，草長鶯飛，帥克開拔上前線的日子終於到了。所有的士兵都被塞進火車車廂，每節車廂能容納四十二名士兵或八匹馬。但馬顯然比人幸福，因為牠們站著也能睡覺。但人被關在這封閉的車廂內，連坐的地方都沒有，就能想像有多難受了。後來，軍隊指揮官想出了一個辦法，讓士兵們分批睡覺：三分之一的士兵在車廂裡舒舒服服地躺著，從九點睡到半夜，其餘的人站著看他們睡；然後第一批睡飽的士兵，把位子騰出來給第二批的人，從半夜睡到早上三點；第三批士兵從三點睡到六點；然後吹起床號，所有人一起梳洗，開始新的一天。

火車朝前線加里西亞行駛。旅程開始就有怪事發生，九十一軍團的頂頭上司史羅德爾上校，下令給每位軍官分發一本盧德維希·甘霍費爾寫的《神父的罪惡》。「各位，」他帶著神祕的笑容說：「記得看第一百六十一頁。」

eins
zwei
drei
vier
fünf

對於上司的命令，軍官們自然是認真執行。他們仔細地翻閱這本書，特別研讀了第一百六十一頁，但是完全看不懂是怎麼一回事。這一頁講的是一位名叫阿爾伯特先生的事情，這位先生講了一些莫名其妙的笑話，這些笑話和前面的故事毫無關連，簡直是一堆廢話，氣得盧卡施中尉把菸嘴都咬破了。

「上校肯定是發瘋了！」盧卡施中尉嘀咕一聲。「他的腦袋一直都不太正常。」其他軍官也小聲附和。正當大家揣測上校的用意的時候，營長札格納上尉說話了。

「各位，你們一定感到很納悶吧！為什麼上校會發這麼一本和戰爭毫無關連的書？」札格納上尉故作神祕地停頓了一下，「事實上，這是一套作戰時使用的新電報密碼。現在我就給你們講解這套密碼，你們要專心聽。」

「我準備好了，上尉先生！」比勒中尉掏出筆記本和鉛筆，用十分討好的語氣說道。

大家鄙夷地看了這傻瓜一眼，比勒中尉從入伍的那天起，就一直帶著幾分傻氣。他發憤學習，恨不得把所有的軍事知識都吃到肚子裡去。幾乎可以說，在整個軍團裡，他的軍事知識是最豐富的。但是這並不代表他是一名好軍官，他對實際戰局一點也不了解，只是紙上談兵，他知道的完全不能用在實際的作戰上。

「比勒先生，你太著急了！」札格納上尉說：「我現在所說的都是機密情報，如果你都記在筆記本上，又不小心弄丟了筆記本，那你就是洩漏機密，這是會被送上軍事法庭的。」

「不要緊，上尉先生。」比勒回答說：「我用的是速記法，即使筆記本弄丟了，也沒人能看得懂我寫的是什麼。」札格納上尉無奈地聳聳肩，不再和他理論。他繼續說：「你們也許不明白，為什麼要你們看盧德維希·甘霍費爾的《神父的罪惡》第一百六十一頁，在你們看來，這一頁是不是很難懂？」札格納上尉得意地笑了笑，自以為非常幽默。「實際上這是一把鑰匙，它可以幫助我們理解軍團指揮部發布的新式密碼。眾所周知，在戰地拍發重要電文有很多方法。我們現在採用的是最新的一種方法，叫做『補充數字法』。因此，上星期團部發給你們的那套密碼和破譯方法就沒用了。」

軍官們騷動起來，很多人低聲抗議著。上週發下來的密碼十分複雜，軍官們花了很長時間才弄明白，轉眼間就沒用了，簡直是白費他們的力氣。而這套新密碼不知道又要學多久？

似乎察覺到了大家的不滿，札格納上尉高聲補充道：「這個新式密碼很簡單，我親自從上校那裡領到了密碼的解譯手冊。」

接著他詳細地解釋了新的解碼方法，又得意洋洋地說：「各位，這個方法真是簡單又巧妙。如果手裡沒有盧德維希的《神父的罪惡》第一百六十一頁這把鑰匙，就算是絞盡腦汁，也別想翻譯出來。」

大家都鴉雀無聲地看著第一百六十一頁，試著仿效上尉的方法。沉默了一會兒之後，比勒中尉焦急地說：「**報告長官，密碼對應不上！**」他說的是事實，不管軍官們如何努力，除了札格納上尉以外，誰也無法根據第一百六十一頁上……

面的字，組成一句完整的話來。

「**這是怎麼回事？**」札格納上尉有點慌張，「用我的這本《神父的罪惡》完全沒問題，為什麼到你們那裡就出問題了？」

「上尉，」比勒中尉說道：「盧德維希．甘霍費爾這本書有上、下兩集。您看，內封頁上寫著：『本長篇小說分兩集』。我們拿的是上集，您拿的是下集。所以我們手裡的一百六十一頁跟您的不一樣。」

真相大白。比勒的知識終於派上用場，大家看他的目光也比先前敬佩許多。

「一定是團部在發書時搞錯了，沒說清楚要領下集。軍隊裡總是有一些不動頭腦的人，把事情弄得一團糟！」札格納上尉無奈地嘆道。

軍官們如釋重負，終於可以不用學習新的密碼了。他們早對這類複雜的密碼厭倦了，一點實際作用也沒有。戰場上分秒必爭，作戰時機轉瞬即逝，根本沒有時間翻譯如此複雜的密碼。說不定等到密碼譯出來，敵人的大炮就已經打到陣地上了。

札格納上尉心裡也很清楚這一點。他在塞爾維亞前線打過仗，實戰證明，根本沒時間翻譯什麼密碼，而且戰地的電話信號很差，常常聽不清楚，尤其是大炮轟鳴的時候，根本一個字也聽不見。這時別說記錄任何複雜的密碼，能聽清楚命令就已經是謝天謝地了。

「這件事情用不著太擔心，開往前線之前，我們還有足夠的時間開發出一套新的密碼。」上尉揮一揮手，表示今天的會議到此結束。

密碼事件以失敗告終。但盧卡施中尉卻是臉色發白，他咬著嘴唇，一副心事重重的樣子。會議一結束，他第一個離開軍官車廂，向帥克坐的那節車廂走去。帥克和幾個士兵聊得正開心，盧卡施中尉出現在車廂門口，「**帥克，過來！**

我要你好好地解釋清楚一件事情。」

「是！我這就來，中尉先生。」帥克看著盧卡施冷冰冰的眼神，本能地感覺到事情不妙。

當他們下車，走到距離火車一百米的空地時，盧卡施中尉的怒火爆發了，**「帥克，那些書究竟是怎麼回事？」**

「什麼書？」帥克摸摸後腦勺，眼神無辜地問道。

「就是盧德維希·甘霍費爾寫的書！」

「我根本不認識什麼甘霍費爾，也不知道他寫過什麼書。」

「笨蛋！」盧卡施中尉氣急敗壞地叫道：「就是出發前一天，你曾經報告說，團部有些要給軍官讀的書，是你負責領回的。」

「哦！您說的是我從團部取來，送到營部的書呀！」帥克一副恍然大悟的樣子，「您早點提示我，我就會早點想起來了。」

「強詞奪理！」盧卡施中尉氣得七竅生煙，「那些書究竟是怎麼回事？」

「是這樣的，」帥克慢條斯理地說：「當天團部打來電話，正好是我接的，他們叫我去取一袋給先遣營全體軍官讀的書。中尉先生，軍隊裡凡事都講求效率，所以我立刻去團部。他們給了我一大袋書，我費了九牛二虎之力，才把它們搬到我們營部來。這部書分上、下兩冊。團部的人叮囑我：『兩冊都要保存好，軍官們自己知道該看哪一冊。』當時我就想，他們一定是喝多了，因為連小孩子都知道，讀書是從頭讀起的。所以，中尉先生，您從俱樂部回來時，我就打電話向您報告這些書的事，問您說，是不是在戰爭期間什麼都要顛倒過來，連書也得從後往前讀了，您當時就罵我是個笨蛋。」

盧卡施雙唇顫抖，雙手抓住旁邊的樹枝才勉強站住。他意識到自

己犯了一個致命的錯誤，就是在還沒充分了解事情的來龍去脈之前，就回答帥克。但是誰會想到是這件事呢？帥克的思維簡直不可理喻。

「你繼續說吧！我沒事……」中尉沮喪地說。

「我完全同意您的意見！」帥克繼續溫柔地說：「我知道，在烽火連天的歲月裡，軍官先生們根本讀不了那麼多書。打仗又不是去休閒度假，哪有工夫讀一整套的書呀！我想，如果把這些書全部背到前線去，不僅耗時耗力，萬一遇上戰地轉移，它們就會變成累贅。於是我決定做一些精簡。您在電話裡告訴我說，看書都是從上冊看起的，因此我就把上冊送到前線，而下冊暫時留在我們營部的倉庫裡，等到前線的軍官們凱旋歸來再領走。」

帥克得意地看著盧卡施中尉，彷彿在為自己的聰明決定而邀功。中尉兩眼冒火，很想狠狠揍帥克一頓，但他又將抬起的手放下了。他早就知道，和帥克在一起就要倒楣，這大概就是他的宿命吧！

「我告訴你，帥克。」盧卡施中尉深深地嘆了一口氣說：「你根本不知道你捅了多大的婁子，我說你是白痴，那還是在誇獎你。記住，今後要是有人談到這些書，什麼也別說，更別提起你曾向我報告過這件事情。不管別人怎麼說，你就說你什麼也不知道，什麼也不記得，聽明白了嗎？」

「**可是，長官，我做了什麼糟糕的事嗎？**」帥克無知地問道。

「閉嘴，你這個糊塗蛋，我沒時間向你解釋！」盧卡施中尉高聲叫道：「現在，滾回你的車廂去，老老實實地待著！」沒等帥克再回答，盧卡施中尉就拋下他，自己返回火車上。盧卡施對帥克已經無計可施，只希望能夠遠離他，在他下次闖禍之前享受片刻安寧。

日夜兼程，火車終於抵達前線加里西亞。士兵們被趕下車廂，他們必須在十個小時內做好準備，開始接受戰鬥任務。札格納上尉宣布，每個士兵可以領到一百五十克的瑞士乾乳酪，這可是個振奮人心的消息！隨著奧匈帝國的戰事不利，糧食供應越來越短缺，士兵們的伙食水準不斷下降，已經一個月沒有吃到葷食了。大家都想在上戰場之前大吃一頓，好好慰勞自己一下。但現實是殘酷的，興高采烈的士兵們很快就失望了。軍需倉庫裡，什麼食物都沒有，連麵包屑都找不到，乾乳酪更是天方夜譚！為了安撫兩手空空的士兵們，軍需管理處想出一個替代方法，給每人發了一盒火柴，和一張奧地利軍人墓地保衛處印製的明信片，還有一包口香糖。現在，每個士兵嘴裡都塞滿口香糖，既然沒別的東西可吃，只能嚼嚼這個來自我安慰了。

帥克已經餓得前胸貼後背，他現在是骨瘦如柴，連眼珠子都凸了出來。盧卡施中尉也是饑腸轆轆，挺直的背脊更是彎了下去。帥克很為中尉擔心，作為勤務兵的他，有義務為中尉改善一下伙食，給他補補身體。但什麼東西好吃呢？帥克首先想到的是燉一鍋老母雞湯。

趁著軍隊整隊的時間，帥克偷偷跑了出去。他到附近的村莊購買燉湯的材料。帥克買了洋蔥和麵條，鹽和胡椒在部隊廚房裡有現成的，現在只缺一隻老母雞。帥克走遍村莊的大街小巷，也沒看見一個賣雞的人。但他毫不氣餒，一直朝郊外走，終於找到一間農舍，在農舍後面的草地上，發現了一群吃著飼料的母雞。帥克向那走近，抓了一隻最大、最重的母雞，提著牠的腿，向農舍的主人詢問價錢。這時溝通上卻出了問題，帥克用捷克語和德語問話，農舍的主人說的卻是匈牙利語；帥克說想買雞，農舍的主人卻誤會他是來偷雞的；帥克著急地比手畫腳，農舍主人卻懷疑他是要用武力來搶雞；農舍主人想奪回母雞，帥克拚了命不鬆手，兩人打了起來，帥克一拳把農舍主人的眼睛打得瘀青。覺得自己吃虧的農舍主人叫來了巡邏隊，押著帥克到軍需管理處，要求軍隊處分這個偷雞賊。帥克也不反抗，因為他認為自己沒錯，完全是農舍主人小題大作。

軍需管理處忙得不可開交，每天都有士兵搶奪百姓財物的事情發生。雖然這是明令禁止的，違反

者要面臨嚴厲的處罰，但饑餓的士兵們還是屢屢破壞紀律，搞得老百姓怨聲載道。帥克被押到之後，因為他是勤務兵，軍需管理處直接把他交給盧卡施中尉自行處置。

「**這次你又闖了什麼禍？**」看著被押回的帥克和尾隨其後、吵吵鬧鬧的農舍主人，盧卡施中尉大發雷霆：「你這廢物，總有一天我非把你宰了不可！」

「別生氣！中尉先生，」帥克禮貌地回答道：「事情很簡單：我想給您燉一鍋老母雞湯，就想去村子裡買隻母雞，誰知道這個農舍主人誤會我是偷雞賊，我們起了些口角，就鬧到軍需管理處去了。」

「口角？那你臉上的傷是怎麼回事，怎麼衣服也破了？」

「唉！我想把雞拿回來，誰知道他就是不放手，他的老婆也是個狠角色，兩個人一起撲上來，我就掛彩了……不過沒關係，我把他的眼睛打瘀青了，他的老婆也被我捶了幾下，我一點也沒有吃虧。」帥克自豪地說道。

盧卡施中尉已經忍無可忍。他一把將帥克手中那隻倒楣的母雞打到地上，然後怒吼道：「帥克，你知道士兵在戰爭時期搶劫民財，要被判什麼罪嗎？」

「要用火藥加上子彈處以死刑。」帥克鄭重地回答，他語氣又緩和起來：

「不過什麼事情都能解決的。我這就去給您燉鍋雞湯，讓它香飄四方！」

「你簡直膽大包天！總有一天我非宰了你不可！快去向農舍主人道歉。」

「**為什麼？**」帥克昂起頭來，「我沒偷沒搶，只是想買雞，但他們不肯，中間出了點誤會而已。我沒有違反軍隊的規定，為什麼要道歉？」

帥克的倔強脾氣，一旦認定，就連十頭牛也拉不動，盧卡施中尉深知這點，所以他決定親自出馬保住帥克。

他找來農舍主人和他的老婆，這兩人一直哭哭啼啼，控訴軍隊欺負老百姓，要求嚴懲凶徒；盧卡施中尉一而再、再而三地致歉，向他們保證一定會嚴厲懲罰帥克；之後他又提出會給予錢財賠償，對方藉這個機會大敲竹槓，把賠償價碼不斷提高，最後，盧卡施中尉付了五枚金幣買那隻老母雞，又付了五枚金幣賠償農舍主人的眼傷，這場風波才總算平息。由於農舍主人不再追究，帥克的刑罰也就不了了之了。

盧卡施中尉付完錢後，鬆了一口氣，但帥克還是不服氣，「十枚金幣，也太貴了吧！想當年，我用磚頭砸傷鄰居的下巴，敲掉他六顆牙齒，也才花了二十枚金幣，這夥人簡直就是敲詐！」

盧卡施中尉虛弱地擺擺手，示意帥克可以走了，但帥克還在嘮叨：「請指示，中尉，是不是要多放一點麵條在雞湯裡、把湯煮得濃一點？」

「帥克，立刻把這隻老母雞拿走，不然我就扭斷你的脖子，你這白痴……」

「**遵命，長官**，可是我沒買到芹菜，也沒有胡蘿蔔，那我就放一點……」

帥克還沒把馬鈴薯的「馬」字說出口，就看見盧卡施中尉提起腿來了。他連忙一溜煙從軍官車廂裡跑出來，逕自給中尉煮雞湯去了。帥克一點也沒意識到自己闖了多大的禍，在他看來，給上司找一隻母雞根本是小事一樁，完全沒想到可能會因此而上軍事法庭。他仍然為自己的成就而洋洋自得，打算下次有機會再去嘗試一下。

第十六章　帥克被俘

在前線駐紮的第三天，帥克接到了第一道任務。

團部發來消息，要求盧卡施中尉所在的先遣營改變行軍路線，前往費爾施泰因駐紮。盧卡施中尉命令帥克和另一名勤務兵萬尼克先行出發，去費爾施泰因尋找宿營地。

出發前，盧卡施中尉千叮萬囑：「帥克，你千萬別在路上出什麼亂子！最要緊的是，對老百姓要規規矩矩的。」

「報告中尉，我盡力而為。我會找捷徑，力求早日完成任務……」

「你別亂來啊，帥克！就按著地圖的指示走，穩穩當當地走到費爾施泰因，明白了嗎？」

帥克和萬尼克上路了。

剛過中午，太陽曬得人悶熱難受。

沿途很多地方可以看到炮火破壞的痕跡：大片平原和山坡上，只剩下鋸齒般的樹墩；掩埋士兵屍體的墳坑沒有用土蓋好，發出腐爛的臭氣；一路上還遇見很多缺手、斷腿的士兵，他們在戰爭中被炸成殘廢，接著又被軍隊無情地拋棄。這些人要不是孤零零地死去，就是在路邊流浪，靠他人的施捨和老天的眷顧苟延殘喘。

帥克和萬尼克走到一個分岔路口，一邊是陡峭的山路延伸向光禿禿的山崗，另一邊是綠油油的草地伴著潺潺的小河流水。

萬尼克拿出地圖來，尋找前進方向：「地圖上顯示，我們應該先上山、再下山，然後向左轉……」

「我不爬山！」帥克說：「我要沿著小河走，這條路風景優美，我還能摘花插在帽子上。我的直覺告訴我，這條路線也能到，你自己去逛那曬得發燙的山崗吧！」

「**別傻了，帥克。**」萬尼克勸道：「我們應該按照地圖指示的路線走。」

「地圖也會畫錯。我給你講個故事：我以前的一個好朋友——香腸師傅謝內克，他去布拉格市中心的廣場喝啤酒，天黑後他想回家。因為怕迷路，他特地買了份地圖。他一邊看地圖一邊走路，結果你知道嗎？第二天早上，人們在距離他家三十公里外的郊區發現他，當時他已經全身凍僵，昏倒在地。」

「這完全是無稽之談。」萬尼克回答。

「既然你聽不進我的意見，那我們就分道揚鑣吧！到費爾施泰因再集合，到時候也可以比較一下，誰的路線更快一些。」帥克邊說邊朝小河走去。

萬尼克看著漸漸走遠的帥克，他沒有辦法阻止帥克的任性，只能獨自按照既定路線行進。

黃昏時分，帥克來到一個小池塘邊。

在那裡帥克遇到一位逃出來的俄國俘虜，他正在池塘裡洗澡。俄國人一見到帥克，以為是追捕他的憲兵來了，頓時嚇得魂飛魄散。他連滾帶爬地上岸，也顧不得穿上衣服，光著身體就跑了。

帥克也不追趕，反而對俄國人留下的軍服產生興趣。「不知道我穿上這套衣服會是什麼模樣？一定很帥吧！」帥克自言自語道。他脫下自己原來的軍服，穿上了俄國軍服。帥克走到池塘邊，在水面上欣賞自己的模樣。

這時，正巧被搜捕逃跑的俄國俘虜的戰地憲兵隊發現了。他們二話不說，就把帥克當成逃跑戰俘給抓了起來，帥克大聲抗議，但卻沒人相信他。於是帥克就被拖到附近村莊的戰俘營裡，跟一批俄國戰俘關在一起。

出師未捷就遭遇變故，帥克感慨萬分。

夜深人靜的時候，帥克在關著自己的房間裡，用一根燒焦了的木頭在牆上寫道：九十一軍團先遣營勤務兵、布拉格人約瑟夫．帥克於執行前鋒任務之際，在費爾施泰因附近，誤被自己的軍隊俘虜，故在此過夜。

可惜我們誰也不知道帥克後來又經歷了什麼。因為捷克著名作家雅洛斯拉夫．哈謝克病逝，這部在第一次世界大戰後，最受歡迎的小說《好兵帥克》也就此結尾。

旅遊頻道 YouTuber

在尋找青鳥的旅途中，走訪回憶國、夜宮、幸福花園、未來世界……

在動盪的歷史進程中，面對威權體制下，看似理所當然實則不然的規定，且看帥克如何以天真愚蠢卻泰然自若的方式應對，展現小人物的大智慧！

地球探險家

動物是怎樣與同類相處呢？鹿群有什麼特別的習性嗎？牠們又是如何看待人類呢？應該躲得遠遠的，還是被飼養呢？如果你是斑比，你會相信人類嗎？

遠在俄羅斯的森林裡，動物和植物如何適應不同的季節，發展出各種生活型態呢？快來一探究竟！

咦！人類可以騎著鵝飛上天？男孩尼爾斯被精靈縮小後，騎著家裡的白鵝踏上旅程，四處飛行，將瑞典的湖光山色盡收眼底。

歷史博物館館員

影響孩子一生的世界名著

探索未知的自己

未來，你想成為什麼樣的人呢？探險家？動物保育員？還是旅遊頻道YouTuber……
或許，你能從持續閱讀的過程中找到答案。
You are what you read!
現在，找到你喜歡的書，探索自己未來的無限可能！

你喜歡被追逐的感覺嗎？如果是要逃命，那肯定很不好受！透過不同的觀點，了解動物們的處境與感受，被迫加入人類的遊戲，可不是有趣的事情呢！

哈克終於逃離了大人的控制，也不用繼續那些一板一眼的課程，他以為從此可以逍遙自在，沒想到外面的世界，竟然有更大的難關在等著他……

到底，要如何找到地心的入口呢？進入地底之後又是什麼樣的景色呢？就讓科幻小說先驅帶你展開冒險！

動物保育員

森林學校老師

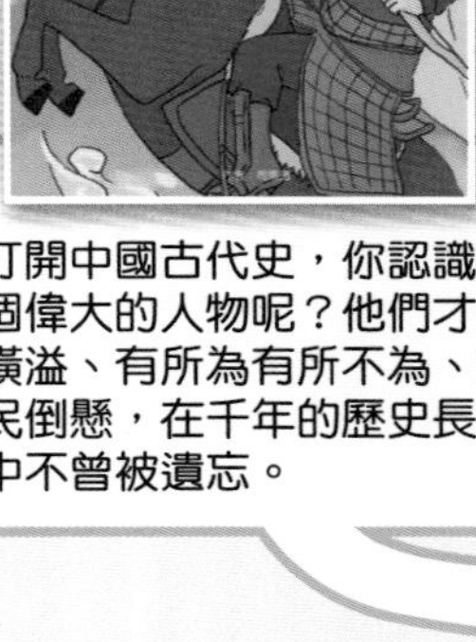

打開中國古代史，你認識幾個偉大的人物呢？他們才華橫溢、有所為有所不為、解民倒懸，在千年的歷史長河中不曾被遺忘。

瑪麗跟一般貴族家庭的孩子不同，並沒有跟著家教老師學習。她來到荒廢多年的花園，「發現」了一個祕密，讓她學會照顧自己也開始懂得照顧他人。

以人為鏡，習得人生

正直、善良、堅強、不畏挫折、勇於冒險、聰明機智……
有哪些特質是你的孩子希望擁有的呢？
又有哪些典範是值得學習的呢？

【影響孩子一生的人物名著】
除了發人深省之外，還能讓孩子看見
不同的生活面貌，一邊閱讀一邊體會吧！

★ 安妮日記

在納粹占領荷蘭困境中，表現出樂觀及幽默感，對生命懷抱不滅希望的十三歲少女。

★ 清秀佳人

不怕出身低，自力自強得到被領養機會，捍衛自己幸福，熱愛生命的孤兒紅髮少女。

★ 湯姆歷險記

足智多謀，正義勇敢，富於同情心與領導力等諸多才能，又不失浪漫的頑童少年。

★ 環遊世界八十天

言出必行，不畏冒險，以冷靜從容的態度，解決各種突發意外的神祕英國紳士。

★ 海蒂

像精靈般活潑可愛，如天使般純潔善良，溫暖感動每顆頑固之心的阿爾卑斯山小女孩。

★ 魯賓遜漂流記

在荒島與世隔絕28年，憑著強韌的意志與不懈的努力，征服自然與人性的硬漢英雄。

★ 福爾摩斯

細膩觀察，邏輯剖析，揭開一個個撲朔迷離的凶案真相，充滿智慧的一代名偵探。

★ 海倫・凱勒

自幼又盲又聾，不向命運低頭，創造語言奇蹟，並為身障者奉獻一生的世紀偉人。

★ 岳飛

忠厚坦誠，一身正氣，拋頭顱灑熱血，一門忠烈精忠報國，流傳青史的千古民族英雄。

★ 三國演義

東漢末年群雄爭霸時代，曹操、劉備、孫權交手過招，智謀驚人的諸葛亮，義氣深重的關羽，才高量窄的周瑜……

想像力，帶孩子飛天遁地

灑上小精靈的金粉飛向天空，從兔子洞掉進燦爛的地底世界……
奇幻世界遼闊無比，想像力延展沒有極限，只等著孩子來發掘！
透過想像力的滋潤與澆灌，讓創造力成長茁壯！

【影響孩子一生的奇幻名著】
精選了重量級文學大師的奇幻代表作，
每本都值得一讀再讀！

★西遊記

蜘蛛精、牛魔王等神通廣大的妖怪，會讓唐僧師徒遭遇怎樣的麻煩？現在就出發，踏上取經之旅。

★小王子

小王子離開家鄉，到各個奇特的星球展開星際冒險，認識各式各樣的人，和他一起出發吧！

★小人國和大人國

想知道格列佛漂流到奇幻國度後，除了幫助小人國攻打敵國、在大人國備受王后寵愛之外，還有哪些不尋常的遭遇嗎？

★快樂王子

愛人無私的快樂王子，結識熱情的小燕子，取下他雕像上的寶石與金箔，將愛一點一滴澆灌整座城市。

★愛麗絲夢遊奇境

瘋狂的帽匠、三月兔、暴躁的紅心王后……跟著愛麗絲一起踏上充滿奇人異事的奇妙旅程！

★柳林風聲

一起進入柳林，看愛炫耀的蛤蟆、聰明的鼴鼠、熱情的河鼠、富正義感的獾，猶如人類情誼的動物故事。

★叢林奇譚

隨著狼群養大的男孩，與蟒蛇、黑豹、大熊交朋友，和動物們一起在原始叢林中冒險。

★彼得・潘

彼得・潘帶你一塊兒飛到「夢幻島」，一座存在夢境中住著小精靈、人魚、海盜的綺麗島嶼。

★一千零一夜

坐上飛翔的烏木馬，讓威力巨大的神燈，帶你翱遊天空、陸地、海洋等神幻莫測的異族國度。

★杜立德醫生歷險記

看能與動物說話的杜立德醫生，在聰慧的鸚鵡、穩重的猴子等動物的幫助下，如何度過重重難關。

影響孩子一生名著系列 08

好兵帥克

樂觀面對生活

ISBN 978-986-95844-2-5 / 書 號：CCK008

作　　者：雅洛斯拉夫・哈謝克 Jaroslav Hašek
主　　編：林筱恬、陳玉娥
責　　編：王一雅、潘聖云、徐嫲婷、蘇慧瑩
插　　畫：鄭婉婷
美術設計：巫武茂、涂敵俶、鄭婉婷、蔡雅捷
審閱老師：張佩玲

出版發行：目川文化數位股份有限公司
總 經 理：陳世芳
發　　行：劉曉珍、柯雁玲
地　　址：桃園市中壢區文發路 365 號 13 樓
電　　話：(03) 287-1448
傳　　真：(03) 287-0486
電子信箱：service@kidsworld123.com
法律顧問：元大法律事務所 黃俊雄律師
印刷製版：長榮彩色印刷有限公司

國家圖書館出版品預行編目 (CIP) 資料
好兵帥克 / 雅洛斯拉夫．哈謝克作．-- 初版．--
臺北市 ： 目川文化，民 106.12
164 面 ；17x23 公分．--（影響孩子一生的世界名著）
注音版
ISBN 978-986-95844-2-5（平裝）
882.459　　106025095

官方網站：www.aquaviewco.com
網路商店：www.kidsworld123.com
粉絲專頁：FB「悅讀森林的故事花園」

總 經 銷：聯合發行股份有限公司
地　　址：新北市新店區寶橋路 235 巷 6 弄 6 號 4 樓
電　　話：(02)2917-8022

出版日期：2018 年 5 月
　　　　　2021 年 9 月（二刷）
定　　價：330 元

建議閱讀方式

型式	圖圖圖	圖圖文	圖文文		文文文
圖文比例	無字書	圖畫書	圖文等量	以文為主、少量圖畫為輔	純文字
學習重點	培養興趣	態度與習慣養成	建立閱讀能力	從閱讀中學習新知	從閱讀中學習新知
閱讀方式	親子共讀	親子共讀 引導閱讀	親子共讀 引導閱讀 學習自己讀	學習自己讀 獨立閱讀	獨立閱讀